Sidney Sheldon

Der Mitternachtsdieb

SIDNEY SHELDON

Der Mitternachtsdieb

Roman

Deutsch von W. M. Riegel

Deutsche Originalausgabe
Originaltitel: Ghost Story

Orbis ist ein Unternehmen in der Verlagsgruppe
Bertelsmann GmbH, München

Umschlagentwurf: S/L-Kommunikation
Umschlagfoto: William Edwards/Image Bank
Made in Germany
ISBN 3-572-00974-X

1. Kapitel

Es war unglaublich. Es war wie ein Alptraum, nur daß er Realität war. Sie wurden ermordet! Der Mann stand über ihnen mit einem riesigen Messer in der Hand und sagte: »Macht die Augen zu.« Und sie sahen, wie das Messer bereits auf sie zukam, um sich in ihre hilflosen Leiber zu bohren, und sie konnten nichts dagegen tun, nichts.

Es hatte vor einem halben Jahr begonnen. Damals war ihr Vater Takesh Yamada nach Hause gekommen und hatte gesagt:

»Ich habe aufregende Neuigkeiten für euch. Wir gehen nach Amerika.«

Nur aufregend? Nicht zu fassen war es!

Sie starrten ihren Vater völlig ungläubig an. Amerika! Das war am anderen Ende der Welt! Der vierzehn Jahre alte Kenji und die elfjährige Mitsue hatten in ihren Schulbüchern von Amerika gelesen. Es war ein sehr großes und für sie sehr mysteriöses Land.

»Was ist passiert? Wieso gehen wir dorthin?« fragte auch ihre Mutter Keiko.

Auf dem Gesicht von Takesh Yamada war ein breites Lächeln. »Heute früh wurde ich in das Büro von Masaaki Takahashi gerufen. Er teilte mir mit, der Manager unseres Werks in New York gehe in Pension und daß man mich als seinen Nachfolger ausersehen hat. Ich werde dort der neue Chef sein.«

Seine Familie wußte, daß Masaaki Takahashi der oberste Chef der Firma Watanabe war. Seine Frau und seine Kinder lauschten diesen Eröffnungen aber mit gemischten Gefühlen. Sie waren zwar stolz darauf, daß Takesh Yamada einen so bedeutenden Posten bekam. Aber in New York ...?

Kenji fragte nervös: »Ja, werden wir dort auch sicher sein, Vater?« Jedermann wußte doch schließlich, daß New York voller Gangster, Einbrecher und Straßenräuber war.

Der Vater lachte. »Natürlich sind wir dort sicher. Die Zeitungen bauschen immer alles auf.«

Seine Frau Keiko war ihrerseits über etwas anderes besorgt. »Aber das bedeutet doch, daß wir unser Heim hier aufgeben und dort wieder ganz von vorne anfangen müssen.«

»Es ist ja nur für ein Jahr«, beruhigte ihr Mann sie. »Sobald das Werk dort normal läuft, kommen wir wieder heim.«

»Aber ich muß meine Freunde zurücklassen«, jammerte Mitsue, »und in eine neue Schule gehen.«

»Und ich auch«, pflichtete ihr Kenji bei.

»Ihr werdet dort neue Freunde finden«, sagte ihr Vater.

Kenji wußte durchaus, daß das stimmte. Er war ein sehr attraktiver Bursche und intelligent und schloß sehr schnell und leicht Freundschaften. Nur waren natürlich auch andere Dinge einzurechnen. Er war der Kapitän der Baseballmannschaft seiner Schule und wollte das gar nicht gerne aufgeben.

»Was wird die Mannschaft ohne mich machen, Vater?« fragte er.

»Nun, die werden ja wohl auch ohne dich auskommen, bis du wieder da bist.«

»Aber –«

»Da gibt es keine Aber mehr«, schnitt der Vater alle weiteren Diskussionen ab. »Die Sache ist entschieden, und es wird für uns alle ein aufregendes, neues Abenteuer werden.«

Die Familie Yamada konnte freilich nicht wissen, wie tatsächlich aufregend dieses »Abenteuer« werden sollte. Hätten sie nur geahnt, was ihnen für schreckliche Dinge widerfahren würden, wären sie niemals von Tokio abgereist.

Die nächsten zwei Wochen hatten sie alle tausend Dinge gleichzeitig zu erledigen.

»Ich muß einen Teil unserer Sachen einlagern lassen«, sagte Mutter Keiko, »bis wir wiederkommen. Wir müssen entscheiden, was wir alles mit nach Amerika nehmen wollen.«

»Mein Fahrrad muß unbedingt mit«, sagte Kenji.

»Nein, das ist zu sperrig.«

»Kann ich meine Puppensammlung mitnehmen?« fragte Mitsue.

Und Kenji erklärte: »Aber mein Baseballhandschuh und meine Musikkassetten kommen mit.«

»Und meine ausgestopften Tiere und mein Puppenhaus«, sagte Mitsue.

»Kinder, bitte! Vergeßt nicht, wir reisen im Flugzeug, da kann man nur eine bestimmte Menge Gepäck mitnehmen.«

»Und was ist mit Neko?« fragte Mitsue. »Die können wir doch nicht einfach dalassen?«

Neko war die Katze der Familie. Aus irgendeinem Grund hatten sie ihr nie einen eigenen Namen gegeben und sie einfach immer nur Neko, Katze, genannt. Sie war groß und schwarz, und alle hatten sie ins Herz geschlossen.

»Ich glaube nicht«, sagte der Vater, »daß wir sie mitnehmen können.«

»Bitte! Ohne uns stirbt sie doch!« riefen beide Kinder.

»Es müßte doch eigentlich möglich sein, oder?« meinte die Mutter. »In Amerika haben sie doch auch Haustiere, nicht?«

»Also gut«, sagte Takesh Yamada. »Dann kommt Neko halt mit. Ich kümmere mich darum, daß sie mit ins Flugzeug darf.«

Von der ganzen Familie war noch niemand jemals geflogen. Die Kinder freuten sich darauf, Mutter Keiko aber war etwas nervös.

»Flugzeuge sind doch praktisch große Häuser«, sagte sie. »Wie können die einfach in der Luft bleiben?«

Kenji erklärte es seiner Mutter leicht nachsichtig. »Das nennt man Aerodynamik, Mutter«, sagte er. »Die Jet-Düsen schieben das Flugzeug vorwärts, und die Tragflächen sind so gewölbt, daß sie einen Auftrieb erzeugen.«

Seine Mutter schniefte. »Wenn Gott gewollt hätte, daß wir fliegen, hätte er uns Flügel gegeben.«

Schließlich war der Tag ihrer Abreise gekommen. Die Kinder hatten sich von allen ihren Freunden und Lehrern verabschiedet und Keiko von ihren Bekannten und den ganzen Kaufleuten, mit denen sie jeden Tag zu tun gehabt hatte. Alle Bekannten und Nachbarn waren fast so aufgeregt wie sie selbst.

»Ich beneide Sie«, sagte Keikos direkte Nachbarin. »Ich habe immer davon geträumt, einmal Amerika zu sehen.«

»Ich erzähle Ihnen alles darüber, wenn wir wiederkommen«, versprach Keiko.

»Haben Sie Angst wegen des Fliegens?« fragten andere.

»Selbstverständlich nicht«, sagte Keiko.

»Ich hätte Angst«, versicherte die Nachbarin. »Diese Flugzeuge sind derart groß. Wie können die nur in der Luft bleiben?«

»Das ist sehr einfach«, erklärte Keiko nachsichtig. »Das nennt man Aerodynamik. Die Jet-Düsen schieben das Flugzeug vorwärts, und die Tragflächen sind so gewölbt, daß sie einen Auftrieb erzeugen, so daß das Flugzeug aufsteigen kann.«

Takesh Yamada hatte es seiner Familie gegenüber nicht zugegeben, aber auch er hatte Flugangst. Die Familie wurde mit einem Wagen der Firma zum Flughafen gefahren, auf dem es sehr lebhaft zuging. Man konnte meinen, alle Welt flog irgendwohin.

Kenji deutete auf die Anzeigewand mit der Aufschrift ABFLUG/ANKUNFT. »Seht mal«, sagte er.

Die Namen auf der Wand schienen direkt aus dem Geschichtenbuch zu sein: Indien, Alaska, Marokko, Paris, Nigeria, Polen, Moskau …

»Stellt euch das vor«, sagte er. »Jeden Tag fliegen Leute zu allen diesen Orten.«

»Weißt du auch, was der aufregendste Ort von allen ist?« sagte sein Vater.

»Nein, Vater.«

»Unsere neue Heimat! New York!«

Sie flogen mit Japan Airlines, und ihr Flugzeug war eine 747, ein Jumbo-Jet.

»Das ist ja so groß wie ein Fußballfeld«, rief Kenji aus.

Sie sahen zu, wie Neko in eine Transportkiste für Tiere und in den Gepäckraum verladen wurde.

Mehr als dreihundert Passagiere waren in dem Flugzeug. Über den Lautsprecher kam die Stimme der Stewardeß.

»Schnallen Sie bitte Ihre Sitzgurte an.«

Kenji hatte den seinen bereits festgemacht, weil er Angst hatte, daß es beim Start vielleicht einen solchen Ruck geben würde, daß er aus dem Sitz fiel. Daß es seinem Vater genauso ging, wußte er nicht.

Der Vater sagte: »Schnallt euch wirklich gut an.«

»Ja, Vater«, sagte Mitsue in leichter Panik.

Dann hörten sie das plötzliche Aufheulen der Triebwerke, als das Flugzeug die Startbahn entlangzurasen begann.

Keiko klammerte sich an ihre Sitzlehnen. »Wir starten«, sagte sie.

Sie preßte die Augen zu und erwartete jeden Augenblick, daß sie zerschellten. Sie wartete und wartete, aber nichts geschah. Als sie endlich die Augen wieder aufmachte, konnte sie gar nicht glauben, was sie sah. Sie waren in der Luft, und alle hatten sie überhaupt nichts davon gemerkt. Sie sahen aus dem Fenster, wie das Flugzeug höher und höher stieg und Tokio unter ihnen immer kleiner wurde. Sie hörten, wie das Fahrwerk einfuhr. Sie flogen!

»Was da schon dabei ist!« rief Keiko. »Das ist doch wie Autofahren, nur etwas höher.«

Sie konnte noch immer nicht glauben, wie mühelos das Starten vor sich gegangen war. Sie flogen mit einer Geschwindigkeit von vielen hundert Stundenkilometern, aber gleichwohl hatte man das Gefühl, als stehe man fast still in der Luft. Die Landschaft auf der Erde unter ihnen bewegte sich nur ganz langsam.

»Wenn ich das erst meinen Freundinnen erzähle«, sagte Mitsue, »werden sie alle neidisch sein.«

Kenji wußte selbst keine rechte Erklärung dafür, aber für ihn war auf einmal klar, daß er nun ein Mann war. *Wie viele meiner Freunde,* dachte er, *sind schließlich schon mal geflogen. Nicht einer. Mitsue hat völlig recht. Alle werden sie uns beneiden.*

Kurz nach dem Start wurde Lunch serviert. Sie konnten wählen zwischen japanischem und amerikanischem Essen. Die Eltern entschieden sich für das japanische, die Kinder aber wollten Hamburger und Fritten und Coca-Cola haben.

»Junk Food«, sagte der Vater verächtlich.

Kenji lächelte. »Wenn wir schon in Amerika leben werden, können wir uns auch gleich daran gewöhnen, wie man dort ißt.«

Aber Keiko sagte: »Das hat nichts damit zu tun, daß man dort lebt. Es ist genau das gleiche, was ihr auch in Tokio gegessen habt bei McDonald's, wenn ich euch zum Essen fortgehen ließ.«

Nachdem sie gegessen hatten, fragte Kenji: »Können Mitsue und ich ein bißchen herumgehen?«

»Meinetwegen«, sagte der Vater, »aber stört die anderen Passagiere nicht.«

»Nein, nein, Vater.«

Kenji und Mitsue liefen in den Mittelgängen auf und ab und sahen sich im ganzen Flugzeug um. Als sie vorne am Cockpit waren, kam gerade der Pilot heraus.

»Na, ihr beiden?« sagte er.

»Ich bin Kenji Yamada«, sagte Kenji höflich. »Und das ist meine Schwester Mitsue.«

»Herzlich willkommen an Bord. Also, ihr fliegt auch nach New York? Wart ihr da schon einmal?«

»Nein«, sagte Kenji. »Aber wir sollen dort ein Jahr lang leben. Mein Vater leitet dort eine große Elektronikfirma.«

»Aha«, sagte der Pilot. »Elektronik, sagst du? Möchtet ihr beiden mal ins Cockpit hineinschauen? Da gibt es eine Menge Elektronik.«

Kenji konnte sein Glück kaum fassen. »O ja, bitte. Wenn wir dürfen.«

»Na«, sagte der Pilot und öffnete die Tür zum Cockpit, »ich denke, das läßt sich machen. Kommt herein.«

Kenji und Mitsue traten in die Pilotenkabine und staunten gewaltig. Neben dem Pilotensitz war der des Copiloten und dahinter der des Flugingenieurs. Aber das erstaunlichste waren die Instrumententafeln, die alle Wände der Kabine einnahmen.

»Das müssen ja eine Million Instrumente sein«, rief Kenji staunend aus.

»Fast«, sagte der Pilot lächelnd. »Alles an Bord ist computerisiert. Dieses Flugzeug kann fast alleine fliegen.«

»Sagen Sie das mal nicht so laut«, mahnte ihn der Copilot, »sonst werden wir noch alle arbeitslos.«

Die Kinder durften zehn Minuten lang in der Pilotenkabine bleiben und waren ganz hingerissen, bis Mitsue endlich sagte: »Jetzt gehen wir besser wieder zu unseren Eltern, sonst machen die sich Sorgen. Vielen Dank auch.«

»Es war uns ein Vergnügen«, sagte der Pilot. »Wir wollen uns auch bemühen, daß euer Flug ruhig und sanft verläuft.«

Die beiden Kinder liefen zu ihren Eltern zurück.

»Ihr werdet es nicht erraten«, sagte Kenji, »wo wir waren. Der Pilot hat uns in das Cockpit gelassen.«

Sein Vater war beeindruckt. »Tatsächlich?«

»Ja, Vater. Wenn ich groß bin, werde ich vielleicht auch Pilot.«

»Ja, aber vorerst«, sagte Mutter Keiko, »haben wir erst mal noch ein paar Stunden Flug vor uns. Es wäre keine schlechte Idee, wenn ihr beiden versuchen würdet, ein wenig zu schlafen.«

»Ich bin viel zu aufgeregt zum Schlafen«, sagte Kenji.

»Ich auch«, kam Mitsue nach.

Aber nach einer halben Stunde waren sie beide tief eingeschlafen.

Sie erwachten von einer Stimme über dem Lautsprecher. »Wenn Sie sich bitte wieder anschnallen und die Zigaretten ausdrücken. Wir sind im Anflug auf den Kennedy Airport.«

Die Kinder waren sofort schlagartig voll wach. Sie sahen aus dem Fenster und hinab auf die Skyline von New York unter ihnen.

»Es sieht genauso aus wie Tokio!« rief Kenji. »Nur größer.«

Sie hörten, wie das Fahrwerk mit lautem Geräusch ausfuhr, so daß Mutter Keiko ängstlich fragte: »Was ist, stürzen wir ab?«

»Aber nein, Mutter«, erklärte ihr Kenji. »Das ist nur das Fahrwerk, das ausgefahren wird.«

Nach ein paar Minuten waren sie gelandet. Die Landung war so sanft, daß Keiko es wieder nicht glauben konnte.

»Wovor hatte ich eigentlich Angst?« fragte sie nun. »Fliegen ist ja so bequem!«

Eine große Rampe wurde an das Flugzeug herangefahren, und die Passagiere stiegen aus. Der Kennedy Airport war gewaltig groß und wie der Flughafen in Tokio voller Leute.

Sie wurden von einem leitenden Angestellten der Firma Watanabe abgeholt. Er stellte sich als Hiroshi Tamura vor. Sie verbeugten sich höflich voreinander, und Tamura sagte: »Ich hoffe, Sie hatten einen angenehmen Flug.«

»Er war herrlich«, sagte Keiko.

»Haben Sie schon alles Gepäck?«

»Nein«, rief Mitsue. »Neko fehlt noch.«

Tamura war überrascht. »Sie haben Ihre Katze mitgebracht?«

»Ja, sicher. Sie ist praktisch ein Familienmitglied.« Mitsue ging zu der Tiertransportkiste, in der Neko war, und holte sie heraus, und die Katze schnurrte behaglich und freudig.

»Ich habe ein Hotel für Sie gefunden«, sagte Tamura, »in dem Sie bleiben können, bis Sie eine geeignete Wohnung gefunden haben. Unser Werk befindet sich auf der unteren West Side in einem Gewerbedistrikt.

Ich kann mir denken, daß Sie es möglichst bald besichtigen wollen.«

»In der Tat«, sagte Takesh Yamada.

Eine Limousine brachte sie zu ihrem Hotel, wo sie sich anmeldeten und in eine angenehme und saubere Suite mit drei Zimmern eingewiesen wurden. Mitsue nahm das für sich, das ihr am weiblichsten eingerichtet erschien, Kenji das andere und die Eltern das dritte und größte.

Mr. Tamura sagte zu Takesh Yamada: »Wir waren alle schon sehr gespannt auf Ihre Ankunft. Ihr Vorgänger, der bisherige Werksleiter, war ein guter Mann, aber er ist jetzt schon alt. Wir brauchen frisches Blut wie Sie für neuen Ansporn und neue Leistung.«

»Ich werde mein Bestes tun«, sagte Yamada bescheiden. Er wußte, daß eine großartige Aufgabe auf ihn wartete.

Mr. Tamura sagte: »Ich hole Sie morgen früh hier ab, und wir besichtigen dann das Werk. Wenn Sie essen wollen, es gibt hier im Hotel ein sehr hübsches Restaurant.«

Aber sie waren alle viel zu aufgeregt zum Essen. Sie konnten es gar nicht erwarten, sich erst einmal die Stadt anzusehen.

Als Mr. Tamura gegangen war, sagte Kenji: »Kann ich hinaus und mich ein wenig umsehen?«

»Wir gehen alle zusammen«, erklärte sein Vater.

»Ich will den berühmten Broadway sehen«, sagte Keiko.

»Ich möchte das Rockefeller Center sehen«, sagte Mitsue.

Und Kenji sagte: »Ich möchte die Radio City Music Hall sehen.«

»Wir sehen alles noch«, versicherte ihr Vater. »Schließlich sind wir ein ganzes Jahr hier, da müssen wir nicht schon am ersten Abend überall hinrennen.«

Als sie ausgepackt hatten, gingen sie nach unten und hinaus auf die Straße.

»So verschieden von Tokio ist das hier nicht«, sagte Kenji. »Außer eben, daß hier alle scheint's englisch reden.«

Sie gingen die Straße entlang und besahen sich alles.

»Amerika wird mir gefallen«, sagte Mitsue. »Wir werden eine sehr aufregende Zeit hier erleben.«

Sie konnte nicht ahnen, wie aufregend ihre Zeit tatsächlich werden sollte und daß sie und ihr Bruder es mit einem Mörder zu tun bekommen würden.

2. Kapitel

Am nächsten Morgen wurde Takesh Yamada von Hiroshi Tamura abgeholt.

»Wir fahren zur Fabrik«, kündigte er an.

»Gut, ich bin bereit«, sagte Takesh Yamada, der begierig war, seine Arbeit zu beginnen. Er hatte als neuer Leiter des amerikanischen Zweigwerks eine große Verantwortung von seinem obersten Firmenchef übertragen bekommen und war fest entschlossen, sich seiner Aufgabe würdig zu erweisen. Wenn er sich bewährte, konnte er nach seiner Heimkehr nach Japan eine weitere Beförderung erwarten.

Er wandte sich an seine Frau. »Während ich weg bin, könntest du dich schon einmal nach einer Wohnung für uns umsehen.«

Das Hotel, in dem sie sich befanden, war zwar ordentlich, aber doch letztlich beengt. Man konnte nicht ein ganzes Jahr lang im Hotel leben. Es war schon nötig, eine eigene Wohnung zu haben.

»Ich weiß nicht so recht«, gestand Keiko, »wo und wie ich das machen soll.«

Auch Tamura sagte: »Es ist schwierig hier in New

York, eine nette Wohnung in der Stadt selbst zu finden. Und die, die es gibt, sind sehr teuer. Das beste wird sein, wenn Sie die Anzeigen studieren. In den Zeitungen gibt es viele Wohnungsanzeigen.«

»Wohnungsanzeigen?«

»Ja. Da stehen alle Wohnungen, die zu vermieten sind. Damit könnten Sie beginnen.«

»Vielen Dank«, sagte Keiko. »Das scheint keine schlechte Idee zu sein.« Und sie dachte: *Es mag wohl schwierig sein, Wohnungen hier zu finden, aber ich werde eine finden, und zwar eine so hübsche, daß mein Mann und meine Kinder stolz auf mich sind.*

Als die beiden Männer fort waren, wandte Keiko sich an Kenji und Mitsue. »Wollt ihr mitkommen auf Wohnungssuche?«

Das gefiel den Kindern gut. Es war allerdings nicht so sehr die Wohnungssuche, die sie reizte, sondern die Gelegenheit, diese faszinierende Stadt kennenzulernen, in der sie nun lebten.

»Das würde mir sehr gefallen«, sagte Kenji.

»Und mir auch«, ergänzte Mitsue.

»Gut, dann gehen wir zusammen los. Und morgen sehen wir uns nach einer Schule für euch um.«

Das war eine weitere spannende Sache. Wie würden wohl die amerikanischen Schulen sein, im Vergleich mit denen zu Hause in Japan? In Japan mußte man als Kind in der Schule sehr fleißig sein, weil nur die besten

Schüler später bedeutende Stellungen bei den großen Firmen bekamen. Ob es in den amerikanischen Schulen genauso war? Waren die Schüler hier ebenso fleißig? Alle beide waren sie sehr gespannt auf ihre erste amerikanische Schule.

Bis sie fertig und bereit waren loszugehen, war es schon fast Mittag geworden.

»Ich habe Hunger«, sagte Kenji. »Können wir etwas essen?«

»Gut«, sagte Keiko, »dann essen wir zuerst und machen uns danach auf die Suche nach einer Wohnung.«

Sie verließen das Hotel und gingen die Third Avenue entlang. Es herrschte sehr lebhafter Verkehr. Die lauten Straßen waren voller Fußgänger, die es alle furchtbar eilig hatten, irgendwohin zu kommen – was eben gerade ihr Ziel war. Außer den Gesichtern der Leute gab es keine großen Unterschiede zu Tokio.

Kenji fragte: »Meinst du, daß alle großen Städte gleich sind?«

»Ich weiß nicht«, sagte Mitsue. »Ich war ja noch in keiner anderen großen Stadt.«

Sie kamen an einem Elektronikgeschäft vorbei und blieben stehen, um in die Schaufenster zu sehen.

»Sieh mal«, rief Kenji aufgeregt, »sie haben Sony- und Toshiba-Geräte. Und die von Nikon.«

Das Fenster war auch noch mit anderen japanischen Produkten gefüllt.

Als sie die Straße überquerten, wären sie beinahe von einem Auto angefahren worden. Von einem Toyota, hinter dem Nissan- und Honda-Wagen herfuhren.

»Auch japanische Autos haben sie hier«, sagte Mitsue.

Dann kamen sie an einer Sushi-Bar vorüber.

»Das ist ja wirklich, als wären wir noch immer in Tokio.«

Danach kamen sie zu einem Imbißstand *Kentucky Fried Chicken,* und Kenji sagte: »Sogar die haben sie hier ebenfalls.«

Da lachte Keiko. »Die sind ja von hier«, sagte sie.

Gleich nebenan kam ein McDonald's.

»Und schau mal da«, rief Kenji, »sogar McDonald's gibt es hier.«

Sie beschlossen, hineinzugehen und Hamburger zu essen. Es war ziemlich voll, aber das Essen schmeckte exakt genauso wie bei McDonald's in Tokio. Auf seltsame Art weckte dies das Heimweh der beiden Kinder. New York war ja doch nicht wirklich wie Tokio. Nichts auf der Welt war mit Tokio zu vergleichen. Dort waren alle ihre Freunde und Lehrer und alles, was sie liebten und ihnen vertraut war.

Schon eigenartig, dachte Kenji, *daß man Heimweh nach Tokio bekommt, wenn man bei McDonald's in New York ißt.*

Nach dem Essen kaufte Keiko eine *New York Times* und schlug den Anzeigenteil auf. Und da gab es wirklich, wie Mr. Tamura gesagt hatte, eine Rubrik mit Wohnungsanzeigen.

»Mein Gott, sind das viele«, sagte Keiko. »Da weiß man gar nicht, wo man anfangen soll. Es ist auch unterteilt nach West Side und East Side.«

»Fangen wir doch einfach bei der West Side an«, schlug Kenji vor.

»Meinetwegen«, sagte Keiko. »Also, dann los.«

Weil ihr Aufenthalt ja nur auf ein Jahr beschränkt sein sollte, hatte die Familie beschlossen, nicht eigens ihre Möbel mitzubringen. Deshalb brauchten sie also eine voll möblierte Wohnung zur Miete. Und von diesen klang in den Anzeigen eine schöner als die andere.

»Hört mal«, sagte Keiko und las vor: »Schönes möbliertes Apartment, drei Schlafzimmer, großer Wohnraum und Küche, tausend Dollar im Monat. Das klingt genau richtig für uns.« Keiko freute sich, daß sie schon so rasch eine so wundervolle Wohnung gefunden hatte.

Sie nahmen sich ein Taxi und sagten dem Fahrer die in der Anzeige angegebene Adresse. Als sie dort ankamen, sahen sie sehr enttäuscht drein. Das Haus mit der Wohnung befand sich in einer schlimmen Gegend und sah alt und heruntergekommen aus.

»Na ja«, sagte Keiko, »drinnen sieht es sicher viel besser aus.«

Aber da hatte sie sich geirrt. Die Wohnung war noch viel schlimmer. Der »geräumige« Wohnraum und die drei Schlafzimmer entpuppten sich als kleine, enge Kammern, die Möbel waren alt und häßlich.

»Also, das ist nun wirklich nichts«, sagte Keiko. Die Kinder waren ganz ihrer Meinung.

»Schauen wir halt weiter in die Anzeigen«, meinte Kenji.

Und das taten sie, bis Keiko sagte: »Da ist etwas, das sich ganz gut anhört. Schauen wir es uns an.«

Aber als sie sich diese Wohnung ansahen, war es wieder eine reine Katastrophe. Sie war noch schäbiger als die erste.

»Die ist ja widerlich«, sagte Keiko.

»O ja«, sagten die Kinder.

Sie suchten weiter in den Wohnungsanzeigen. »Das da könnte vielleicht etwas sein, es klingt recht gut.«

Aber sie schauten sich noch ein weiteres halbes Dutzend Wohnungen an, und dabei begann es Keiko allmählich zu dämmern, daß das, was auf dem Papier immer so großartig klang, in Wirklichkeit bei weitem nicht so schön war wie versprochen.

»Euer Vater würde sich nicht freuen, wenn er in einer von diesen Wohnungen leben müßte«, sagte Keiko zu den Kindern. »Wir müssen einfach weitersuchen.«

Sie wandten sich nun der East Side zu, aber da war es dieselbe Geschichte. Keine von allen Wohnungen, die sie sich ansahen, war annehmbar, und die paar, die einigermaßen in Frage gekommen wären, waren viel zu teuer. Sie suchten den ganzen Tag weiter, und abends um fünf hatten sie immer noch nichts gefunden.

»Euer Vater wird sehr enttäuscht sein«, seufzte Keiko. »Ich weiß nicht, was wir noch unternehmen könnten.«

Nur eine Adresse hatten sie noch nicht angesehen, aber Keiko hielt es ohnehin für sinnlos. Weil nämlich in der Anzeige stand: »Schön möblierte Wohnung mit 3 Schlafzimmern, großer Küche, Eßzimmer, Frühstücksecke und Terrasse mit Aussicht. Miete 600 Dollar pro Monat.«

»Warum schauen wir sie nicht noch eben an?« fragte Mitsue.

»Weil es nicht stimmen kann«, sagte die Mutter. »Wenn schon die Wohnungen für tausend Dollar und mit nur zwei Schlafzimmern und ohne Eßzimmer und Terrasse so gräßlich waren, wie soll dann die sein? Wahrscheinlich eine Bruchbude.«

»Anschauen kostet nichts«, sagte Kenji. »Es ist unsere letzte Chance.«

»Na, meinetwegen«, sagte Keiko, »dann schauen wir sie halt noch an.«

Das Haus mit dieser Wohnung lag am Riverside Drive in einer sehr hübschen und ruhigen Gegend.

»Die Häuser hier«, sagte Keiko, »sehen alle furchtbar teuer aus.«

Als sie an der Adresse ankamen, die sie suchten, stellte sich heraus, daß es bei weitem das schönste Haus war, das sie bisher angesehen hatten.

»Eine Wohnung hier, für sechshundert Dollar«, sagte Keiko, »das kann ja wohl nicht wahr sein. Aber wenn wir schon mal hier sind, schauen wir sie uns wenigstens an.« Sie gingen hinein.

Die Eingangshalle war sehr schön, neu gestrichen und mit frischen Blumen auf einem Tisch. Ein freundlicher Mann kam ihnen aus einer Tür entgegen, auf der »Hausverwalter« stand, und erkundigte sich: »Kann ich Ihnen helfen? Ich bin der Hausverwalter.«

Keiko zeigte ihm die Zeitungsanzeige. »Hier steht, Sie haben eine Wohnung zu vermieten.«

Der Hausverwalter nickte. »Richtig.«

»Können wir sie besichtigen?«

»Gewiß doch. Wenn Sie mir folgen wollen.«

Er führte sie zum Aufzug, und sie fuhren alle zusammen ganz nach oben ins oberste Stockwerk des Gebäudes.

»Hier wären wir«, sagte der Mann. »Übrigens, mein Name ist John Feeney.«

»Wir sind die Familie Yamada«, sagte Keiko. »Ich bin

Frau Yamada, und dies sind meine beiden Kinder, mein Sohn Kenji und meine Tochter Mitsue.«

»Freut mich sehr«, sagte Mr. Feeney und führte sie den Flur entlang bis zu einer Wohnungstür ganz hinten. Er holte einen Schlüssel aus der Tasche und sperrte auf. »Hier bitte.«

Sie traten ein und blieben vor Verwunderung stehen.

»Das ist eine absolut wunderschöne Wohnung!«

»Bitte sehr«, sagte Mr. Feeney, »sehen Sie sich ruhig überall um.«

Das taten sie und wurden immer ungläubiger und verwunderter. Da waren drei Schlafzimmer, groß und luftig, eine geräumige Küche, ein sehr hübsches Eßzimmer, eine Frühstücksnische und, genau wie versprochen, eine Terrasse mit Ausblick auf einen Park unten. Es übertraf ihre kühnsten Erwartungen. Aber Keiko war klar, daß irgendein Haken dabei sein mußte. Vermutlich würde die Wohnung eben doch sehr viel mehr kosten, als sie sich leisten konnten.

Sie wandte sich also an Mr. Feeney und fragte: »Und was kostet die Miete?«

»Wie es in der Anzeige steht. Sechshundert Dollar im Monat.«

Keiko konnte es nicht glauben. »Das verstehe ich nicht. Wir haben uns eine Anzahl anderer Wohnungen angeschaut, die nicht einmal halb so schön waren und dabei weitaus teurer. Warum ist diese hier so billig?«

Mr. Feeney zögerte ein wenig, als suche er nach den richtigen Worten. »Der Besitzer der Wohnung ist ein Jahr lang abwesend und hat diesen Preis festgesetzt.«

Keiko spürte, daß das offensichtlich nicht die ganze Wahrheit war. Irgend etwas hielt der Hausverwalter zurück.

»Möchten Sie die Wohnung mieten, Mrs. Yamada?«

Keiko war klar, daß jedes Zögern Narretei wäre. Dies mußte die beste Gelegenheit in ganz New York sein.

»Ja«, sagte sie, »wir nehmen sie.«

Die Kinder jauchzten vor Freude. Nach all den fürchterlichen, miesen Bruchbuden, die sie heute schon gesehen hatten, war dieses wunderschöne Apartment ja schon nicht mehr zu erwarten gewesen.

»Da haben Sie eine kluge Entscheidung getroffen«, sagte Mr. Feeney. »Sie haben die Wohnung.«

Wie stolz mein Mann auf mich sein wird, dachte Keiko, *daß ich so eine günstige Gelegenheit gefunden habe!* Und zu Feeney sagte sie: »Ich komme heute abend mit meinem Mann vorbei, damit er den Mietvertrag unterschreiben kann.«

»In Ordnung«, sagte Mr. Feeney.

»Können wir uns noch einmal umsehen?«

»Aber gewiß doch. Lassen Sie sich ruhig Zeit.«

Bei ihrer zweiten Besichtigung erschien ihnen die Wohnung fast noch schöner als zuvor. Keiko wählte gleich das große Schlafzimmer für sich und ihren

Mann aus, während sich Kenji und Mitsue über die anderen beiden Zimmer einigten. Mitsue bekam das mit dem Bett, das einen Himmel aus Seide und Spitze hatte.

»Und sieh nur, wie groß es ist«, sagte sie. »Alle meine Puppen und Stofftiere haben darin Platz.«

Auch Kenji gefiel sein Zimmer. »Es hat einen Blick auf den Park hinaus«, sagte er. Und er schaute hinunter. »Schau mal, dort ist ein Baseballspiel im Gange. Vielleicht kann ich da auch mal mitspielen.«

Sie kehrten zu Mr. Feeney zurück, der geduldig auf sie wartete. »Dann kommen wir also um neun Uhr abends wieder«, sagte Keiko zu ihm.

»Ich hoffe, Sie werden sich hier wohl fühlen«, sagte Mr. Feeney.

Aber es war ein seltsamer Unterton in seiner Stimme dabei. Hätte Keiko gewußt, was der Hausverwalter dachte, hätte sie schleunigst ihre Kinder an der Hand genommen und die Flucht ergriffen.

Als Takesh Yamada am Abend aus der Fabrik zurückkam, sprudelte er die Neuigkeiten nur so heraus. »Es ist ein wunderschönes Werk«, sagte er, »und ich werde es noch schöner machen. Ich habe den Leuten bereits meine Vorstellungen mitgeteilt, wie wir expandieren und uns vergrößern können, und sie waren alle sehr angetan davon. Ich denke, es wird möglich sein, den Umsatz bis zu fünfzig Prozent zu erhöhen.«

»Das ist großartig«, sagte Keiko. Sie war sehr stolz auf ihren Mann. »Und die Kinder und ich haben ebenfalls Neuigkeiten für dich. Ich habe das wunderschönste Apartment gefunden, das du dir denken kannst. Es wird dir ganz bestimmt gefallen.«

»Wie hoch ist die Miete?«

»Nur sechshundert im Monat.«

Takesh Yamada wußte schon genug über New York, um sich darüber im klaren zu sein, daß es hier keine schöne Wohnung für sechshundert Dollar gab. Aber er sagte lediglich: »Na gut, ich schaue sie mir an. Wir fahren gleich nach dem Essen hin.«

»Könnten wir nicht jetzt sofort hin?« fragte Keiko. »Ich habe Angst, daß man sie uns sonst noch vor der Nase wegschnappt. Es ist eine so wundervolle Gelegenheit.«

»Also gut«, sagte der Vater, »fahren wir.«

Sie nahmen sich ein Taxi zu der Wohnung. Mr. Yamada war bereits vom Anblick des Gebäudes ziemlich beeindruckt und noch mehr von der geschmackvollen Eingangshalle. Doch noch immer erwartete er sich nichts von der Wohnung. Um so angenehmer überrascht war er, als Mr. Feeney aufgesperrt hatte und er eintrat. Er war genauso fasziniert wie einige Stunden zuvor seine Frau und die Kinder und konnte ebenfalls kaum glauben, daß diese schöne Wohnung gerade nur sechshundert Dollar kosten sollte.

»Natürlich nehmen wir sie«, sagte er. Er wandte sich an seine Frau: »Das hast du wirklich sehr gut gemacht.«

Keiko errötete. »Danke, Takesh.«

Mr. Feeney hatte den Mietvertrag bereits vorbereitet, und es dauerte nur ein paar Minuten, bis Takesh Yamada ihn unterschrieben hatte. Mr. Feeney überreichte ihm ein Exemplar davon.

»Hier bitte sehr«, sagte er. »Die Wohnung gehört Ihnen ein Jahr lang.«

Noch am selben Abend zog die Familie von dem Hotel in die neue Wohnung. Und sie brachten auch Neko in ihrem Korb mit. Mitsue ließ sie heraus und sagte: »So, Neko, das ist jetzt auch dein neues Zuhause. Gefällt es dir?«

Aber zu aller Überraschung wich Neko fauchend und knurrend in eine Ecke zurück und stellte die Haare auf.

»Was hat die Katze denn?« fragte der Vater.

»Ich weiß auch nicht«, sagte Mitsue ratlos. »So hat sie sich noch nie benommen.«

Die ganze Familie war zu aufgedreht, als daß sie gleich hätten schlafen gehen können, aber schließlich waren sie dann gegen elf Uhr doch alle fest eingeschlafen. Takesh und Keiko lagen in ihrem Ehebett. Takesh träumte von der Fabrik und Keiko von ihrer schönen, neuen Wohnung. Kenji schlief tief und traumlos in seinem Bett, ebenso wie Mitsue in ihrem Himmelbett. Es war still in der Wohnung.

Schlag Mitternacht aber drang ein lauter Schrei durch die Wohnung.

Takesh Yamada setzte sich im Bett auf und sagte zu Keiko: »Die Kinder! Irgend etwas ist mit den Kindern passiert!«

Mitsues erster Gedanke dagegen war, daß mit den Eltern etwas geschehen sein müsse. Und Kenji dachte als erstes, als er erwachte, daß seiner Schwester etwas zugestoßen sei. Und so rannten sie alle los und sahen sich verwundert und ratlos an.

»Ist bei euch alles in Ordnung?« fragte der Vater.

»Bei mir ja«, sagte Kenji.

»Bei mir auch«, sagte Mitsue.

Ihr Vater blickte irritiert von einem zum anderen. »Wer hat dann geschrien?«

Aber alle schüttelten der Reihe nach den Kopf. Niemand von ihnen hatte geschrien.

Da hörten sie ein Fauchen. Und alle drehten sich um. Die Katze Neko kauerte verstört in der Ecke.

3. Kapitel

Beim Frühstück am nächsten Morgen besprachen sie den mysteriösen Schrei mitten in der Nacht, den sie alle gehört hatten.

»Dann muß es wohl von einer der Nachbarwohnungen gekommen sein«, sagte Takesh Yamada. Aber trotzdem blieb er irritiert, denn so dünn waren die Wände in diesem Haus nun auch wieder nicht, daß ein Schrei so deutlich und nahe zu hören gewesen wäre, wie es tatsächlich der Fall gewesen war.

»Vielleicht hatte jemand den Fernsehapparat sehr laut eingestellt«, vermutete Kenji.

»Das könnte sein, ja«, nickte Keiko.

Es war eine seltsame Sache gewesen, aber nichts, glaubten sie, worüber man sich wirklich hätte Sorgen machen müssen. »Wenn es noch einmal vorkommt«, sagte Takesh Yamada, »dann rede ich mal mit Mr. Feeney.« Er wandte sich an Kenji und Mitsue. »Wann geht eigentlich eure Schule los?«

Keiko antwortete ihm. »Mr. Feeney sagte mir, es gibt eine Schule gar nicht weit von hier. Dort werde ich die Kinder heute vormittag einschreiben lassen.«

»Das ist eine gute Idee«, sagte Takesh Yamada. »Ich möchte nicht, daß ihr in der Schule zurückbleibt und den Anschluß versäumt.«

»Wir werden sehr fleißig lernen, Vater«, versprach Kenji.

Der Vater stand auf. »Gut«, sagte er, »es ist Zeit für mich zur Arbeit. Es gibt viel zu tun.«

Als ihr Vater gegangen war, sagte Keiko zu den Kindern: »So, jetzt wollen wir uns eure neue Schule ansehen, kommt.«

»Ja, Mutter.« Beide versuchten ihre Nervosität zu verbergen. Sie hatten ein wenig Englisch gelernt, doch waren sie weit davon entfernt, die Sprache schon zu beherrschen.

»Wir möchten nicht, daß man uns auslacht«, sagte Kenji.

»Macht euch da keine Sorgen«, begütigte Keiko. »Ihr seid doch beide klug und intelligent und lernt die Sprache bestimmt sehr schnell.«

Und sie machten sich auf den Weg zur Schule.

Die Schule war einigermaßen anders, als sie erwartet hatten. Sie war sehr schön, in einem sauber aussehenden Gebäude und mit einem großen Sportplatz dazu.

»Bestimmt tragen die hier auch gute Baseballspiele aus«, sagte Kenji.

Seine Mutter aber schaltete sich sogleich ein: »Du

bist hier nicht, um Baseball zu spielen, sondern um zu lernen, genau wie deine Schwester.«

Sie gingen in das Büro der Schuldirektorin. Diese war eine sehr freundliche Frau und hieß Mrs. Marcus.

»Guten Tag«, sagte sie. »Was kann ich für Sie tun?«

»Guten Tag«, sagte Keiko. »Ich bin Mrs. Yamada, und dies hier sind meine beiden Kinder Kenji und Mitsue. Wir sind soeben erst aus Japan gekommen und werden ein Jahr lang hier sein. Ich möchte die beiden auf Ihrer Schule anmelden. Wie ich höre, ist dies eine sehr gute Schule.«

Mrs. Marcus lächelte. »Das hoffe ich«, sagte sie. Dann wandte sie sich an die Kinder. »Wie gut könnt ihr denn schon Englisch?«

Kenji antwortete: »Wir haben etwas Englisch in Japan gelernt, aber unser Wortschatz ist noch nicht sehr groß.«

Mrs. Marcus nickte. »Ich bin sicher, ihr werdet beide keine großen Probleme mit der Sprache haben. Aber weil ihr jetzt noch nicht fließend Englisch sprecht, müßt ihr wohl in einer niedrigeren Klasse anfangen, als ihr in Japan wart. Bestimmt werdet ihr das aber bald aufholen.«

»Wir werden sehr fleißig sein«, versprach Kenji. Er war entschlossen, schnellstmöglich so gut Englisch zu sprechen wie die anderen Kinder.

»Sie können die Kinder gleich hierlassen«, sagte

Mrs. Marcus zu Keiko. »Ich kümmere mich darum, daß sie in die richtigen Klassen kommen.«

»Danke«, sagte Keiko.

Nachdem sie der Direktorin noch alle nötigen Informationen über Kenji und Mitsue gegeben hatte, ging sie und ließ die beiden bei Mrs. Marcus zurück.

»Ich weiß«, sagte Mrs. Marcus nun freundlich zu ihnen, »daß ihr euch etwas unsicher fühlen müßt, in eine neue Schule in einem fremden Land zu kommen. Aber ich versichere euch, das wird sich rasch geben. Unsere Schule ist gut, und unsere Schüler kommen alle aus guten Verhältnissen. Sobald euer Englisch besser ist, kommt ihr dann in eine höhere Klasse.« Sie wandte sich an Kenji. »Warte hier, bis ich Mitsue in ihre Klasse gebracht habe. Danach hole ich dich dann.«

»Gut«, sagte Kenji.

»Komm mit mir«, sagte Mrs. Marcus zu Mitsue.

»Ja, Frau Direktor.«

Auf dem Weg durch den Schulkorridor erläuterte Mrs. Marcus: »In Amerika haben wir die allgemeinen Klassenzimmer. Dorthin kommen alle am Morgen, und von dort aus geht man in die Klassenzimmer für die verschiedenen Fächer.«

»Also hat man mehrere Lehrer?« fragte Mitsue.

»Vier oder fünf. Aber für allgemeine Dinge und Probleme ist die Klassenleiterin im allgemeinen Klassenzimmer zuständig. An diese kannst du dich wenden.«

Sie kamen in ein Klassenzimmer, in dem viele Kinder waren. Zu Mitsues Überraschung hatten sie keine einheitliche Schulkleidung an, wie sie es von zu Hause in Japan gewöhnt war. Die Knaben trugen einfach Jeans und die Mädchen Röcke oder ebenfalls Hosen und dazu Sweater oder auch Blusen.

An der Tafel stand eine grauhaarige Lehrerin mit einem freundlichen Gesicht. Sie hielt inne, als Mrs. Marcus mit Mitsue hereinkam.

»Entschuldigen Sie die Unterbrechung«, sagte Mrs. Marcus zu ihr. »Ich bringe Ihnen hier eine neue Schülerin. Sie heißt Mitsue Yamada. Mitsue, das hier ist Mrs. Kellogg.«

»Willkommen, Mitsue«, sagte Mrs. Kellogg. »Wie lange bist du denn schon hier bei uns in den Vereinigten Staaten?«

»Seit zwei Tagen«, sagte Mitsue schüchtern.

»Dann kommt dir bestimmt alles noch sehr fremd vor.«

Mitsue dachte an die japanischen Fernsehgeräte und die japanischen Autos überall und an McDonald's. Doch dann sagte sie trotzdem: »Ja, Mrs. Kellogg.«

»Das werden wir bald ändern, damit du dich nicht mehr fremd fühlst.« Sie deutete auf einen freien Platz. »Das da ist von jetzt an dein Platz.«

Die anderen Schüler starrten Mitsue an, aber eher

nur neugierig, nicht unfreundlich. Mitsue hatte auch gleich das Gefühl, daß alles ganz gut gehen werde.

Als Mrs. Marcus in ihr Büro zurückkam, sagte sie zu Kenji: »So, mit Mitsue ist alles klar. Jetzt wollen wir uns um dich kümmern.«

Sie führte nun auch ihn in sein allgemeines Klassenzimmer. Kenji war ebenfalls überrascht, daß die Kinder in Amerika keine Schuluniform trugen. Er fragte sich, ob eigentlich alles hier anders war. Sein Klassenleiter war Mr. Leff. Nachdem er vorgestellt worden war, sagte Mr. Leff zu ihm: »Du brauchst nicht verzagt zu sein, wenn du anfangs nicht gleich alles verstehst. Und du brauchst dich auch nicht zu genieren, jederzeit Fragen zu stellen.«

Und da stellte Kenji gleich seine erste Frage. »Was heißt verzagt?«

Mr. Leff lächelte. »Das bedeutet, daß du unglücklich darüber bist, daß etwas nicht so rasch geht, wie du möchtest.«

»Dann bin ich verzagt«, sagte Kenji. »Ich möchte lieber jetzt gleich richtig Englisch sprechen können.«

Mr. Leff lachte. »Das ist die richtige Einstellung!«

»Und was bedeutet Einstellung?«

»Das ist, wie man sich den Dingen gegenüber verhält. Ich sehe schon, Kenji, daß du eine Menge Fragen stellen wirst. Das ist ein sehr gutes Omen.«

»Was bedeutet Omen?«

»Ein Anzeichen für das, was in der Zukunft wahrscheinlich geschehen wird.«

»Aha.«

In Mitsues Klasse lernten sie inzwischen die Wochentage.

»Also gut, Schüler. Der Sonntag ist der Ruhetag. Welcher Tag kommt dann?«

»Montag.«

»Und nach dem Montag?«

»Dienstag.«

»Und wie heißt der nächste Tag?«

»Mittwoch.«

»Und dann?«

»Donnerstag.«

»Sehr gut. Was kommt nach Donnerstag?«

»Freitag.«

»Und dann?«

»Samstag.«

Und dann rief die ganze Klasse laut im Chor:

»Und Sonntag!«

»Also, da haben wir sie alle zusammen, die Wochentage. Montag, Dienstag, Mittwoch, Donnerstag, Freitag, Samstag und Sonntag.«

Mittags begaben sich alle Kinder in die Schulkantine zum Essen, und dort erzählte Mitsue ihrem Bruder: »Ich habe bereits die Wochentage gelernt.«

»Das ist gar nichts«, prahlte Kenji. »Ich habe die Monate des Jahres gelernt.«

»Echt?« sagte Mitsue beeindruckt.

»Absolut!« sagte Kenji und begann sie herzusagen: »Januar, Februar, März ...« Dann aber zögerte er und war sich nicht mehr ganz sicher, bis es ihm wieder einfiel. »April, Mai, Juni, Juli...« Dann mußte er wieder nachdenken. Wie ging es weiter? »August, September, Oktober, November, Dezember. Siehst du?« schloß er triumphierend. »Ein Jahr hat zwölf Monate.«

»Du bist mächtig klug«, sagte Mitsue.

»Englisch ist ganz leicht«, prahlte Kenji weiter. »Das kann jeder.«

Etwas, was sie beide sehr erstaunte, war die Art, wie Amerikaner aßen. Sie hatten das in der Schul-Cafeteria bemerkt. Niemand aß mit Stäbchen. Dafür verwendeten sie zum Essen seltsam aussehendes Besteck.

Mitsue war es peinlich, zu fragen, was das denn sei, aber Kenji wandte sich ungeniert an den neben ihm sitzenden Klassenkameraden und hielt eine Gabel hoch. »Wie heißt das?«

»Das ist eine Gabel, Kenji«, bekam er zur Antwort. Der Junge hielt dann auch ein Messer hoch. »Und das ist ein Messer. Damit schneidet man Fleisch.« Er hielt einen Löffel hoch. »Und das da heißt Löffel. Damit ißt man Suppe oder Eiskrem.«

»Oh, danke.«

Wirklich, seltsame Gewohnheiten hatten diese Amerikaner! Kenji und Mitsue wollten nicht anders sein und auffallen und beobachteten deshalb genau, wie die anderen Kinder aßen, und konnten es rasch nachmachen.

An diesem Nachmittag lernte Mitsue auch die Namen der verschiedenen Farben.

Mrs. Kellogg hielt farbige Papierstreifen hoch. »Dies ist blau … rot … weiß … schwarz … purpurn …«

Das war leicht. Als die Schule aus war, kannte Mitsue alle Farben.

Kenji war etwas irritiert, als er sich in seinem Klassenzimmer umsah. In seiner Schule zu Hause in Japan waren alle Kinder Japaner. Aber in dieser Schule hier gab es Kinder aller möglichen Länder. Da war in der Bank hinter ihm ein schwarzer Junge und auf der anderen Gangseite eine Mexikanerin. Und es gab auch Puertoricaner und Kubaner und Chinesen. Er ging nach dem Unterricht zu seinem Lehrer.

»Entschuldigung, Mr. Leff«, sagte er, »aber der schwarze Junge in unserer Klasse, aus welchem Land ist der?«

»Der ist von hier, Kenji. Er ist Amerikaner.«

»Aha. Und das mexikanische Mädchen neben mir auf der anderen Gangseite, was ist die?«

»Sie ist auch Amerikanerin. Alle Kinder in dieser Klasse sind Amerikaner.« Mr. Leff erklärte ihm das. »Siehst du, hierher sind Menschen aus vielen Ländern gekommen, um die Freiheit zu finden. Sie suchten ein Land, wo sie in Frieden leben und ungehindert ihre Religion ausüben konnten. Amerika ist ein Schmelztiegel aus vielen Rassen und Religionen, und alle sind hier willkommen. Sie sind alle Amerikaner.«

Das war eine interessante Erfahrung für Kenji.

Als er heimkam, sprach er darüber mit seiner Mutter. »Amerika«, sagte er, »scheint wie viele Länder auf einmal zu sein. Hier gibt es nicht einfach Ausländer, hier sind offenbar alle Ausländer.«

»Ach ja?« sagte Keiko. »Interessant.«

»Mein Lehrer sagte, Amerika ist ein Schmelztiegel. Als ich alle die japanischen Waren gesehen habe, dachte ich, auch das Leben sei hier wie in Japan. Aber es ist sehr viel anders.«

»Magst du deinen Lehrer?«

»Mr. Leff? Ja. Er hört sich alle meine Fragen an.«

Keiko lachte. Sie kannte ihren Sohn. »Wahrscheinlich hast du ihm schon ein Loch in den Bauch gefragt, wie?«

Kenji nickte. »Und ich werde noch weiter fragen. Nur so lernt man doch etwas, nicht wahr?«

Mitsue hatte ebenfalls etwas mit ihrer Mutter zu besprechen. »Kaufst du mir Jeans, und kann ich mit Lippenstift in die Schule gehen?«

»Was?« fragte Mrs. Yamada entsetzt.

»Alle Mädchen in der Schule tragen Jeans.« Dann korrigierte sich Mitsue selbst. »Also jedenfalls mehrere. Und auch Lippenstift benutzen sie und –«

Doch da blieb Mrs. Yamada hart. »Es ist mir egal, was die anderen Kinder tun oder anhaben. Du trägst jedenfalls anständige Kleidung, und Lippenstift kommt überhaupt nicht in Frage.«

»Aber Mutter, wir sind doch hier in Amerika!«

»Und du bist Mitsue Yamada und tust, was ich dir sage.« Mrs. Yamada sah die Enttäuschung Mitsues. »Lippenstift kannst du vielleicht benutzen, wenn du etwas älter bist.«

Damit mußte Mitsue sich zufriedengeben.

Takesh Yamada war glücklich. Die Fortschritte in seinem Elektronikwerk gingen rascher voran, als er erwarten konnte. Er hatte in seiner Firma gleich nach der Schule als Lehrling begonnen und sich als sehr geschickt und begabt erwiesen. Er war ein guter Teamarbeiter und wurde bald Vorarbeiter. Ein paar Jahre später berief man ihn bereits in die Werksleitung. Sein besonderes Talent waren Problemlösungen, und genau deshalb hatte man ihn nach Amerika geschickt.

Als er am ersten Tag morgens in der Fabrik erschienen war, hatte Mr. Tamura sich bei ihm erkundigt, ob er viele Veränderungen vorhabe.

»Das wird sich erst zeigen«, hatte er geantwortet.

»Es gibt Leute, die um ihren Arbeitsplatz fürchten.«

»Ich bin nicht gekommen«, sagte Mr. Yamada, »um Mitarbeiter zu entlassen. Es gibt viele Wege, die Produktivität einer Firma zu verbessern. Ich werde mir alles sorgfältig ansehen und dann entscheiden, was getan werden muß.«

Im allgemeinen war er ganz zufrieden damit, wie die Fabrik arbeitete. Aber er sah auch sofort Dinge, die verbesserungsfähig waren, und setzte stetig, nach und nach, Veränderungen durch. Es gab Arbeiter, die langsam oder nicht sorgfältig arbeiteten. Diese wurden entlassen. Andere hingegen zeigten sich als sehr fleißig und geschickt, und sie wurden befördert oder bekamen mehr Lohn. Auf diese Weise waren die Mitarbeiter der Fabrik alle sehr einverstanden mit Mr. Yamada.

Zu Hause gestand er Keiko: »Ich hatte eigentlich befürchtet, daß das Leben in Amerika sehr schwierig würde. Aber es ist ganz leicht. Es ist sogar, ehrlich gesagt, wie ein guter Traum.«

Er konnte nicht ahnen, daß dieser Traum bald zu einem Alptraum werden würde.

Es geschah am nächsten Freitag um Mitternacht. Die Familie war zum Essen in einem japanischen Restaurant gewesen. Es gefiel ihnen, daß sie Gelegenheit zu heimischem Essen mit gewohnten Speisen hatten – Sushi und Tempura-Shrimps und Sukiyaki. Und sie konnten mit dem Besitzer des Restaurants japanisch reden, und so war alles sehr angenehm.

Zu Hause war es für sie ohnehin einfacher und leichter, japanisch zu sprechen als englisch. Allerdings sagte ihr Vater auch immer wieder: »Die einzig richtige Art, eine Sprache zu lernen, ist, daß man sie spricht. Also müssen wir auch miteinander englisch sprechen.«

Nach dem japanischen Restaurant gingen sie noch auf der prächtigen Fifth Avenue ein wenig spazieren und betrachteten sich die schönen Schaufensterauslagen der Geschäfte. Da gab es Kaufhäuser wie Saks und Bergdorf Goodman und berühmte Geschäfte wie Tiffany und viele andere.

»Die Kaufhäuser in Tokio sind aber größer«, sagte Keiko, und da hatte sie sogar recht.

In Japan waren die Kaufhäuser wirklich riesig. In einigen konnte man selbst Boote und Autos kaufen, Lebensversicherungen abschließen oder Beerdigungen bestellen. Jede Art Dienstleistung wurde dort angeboten. Das war bei den New Yorker Kaufhäusern anders. Deren Angebot war begrenzter.

Als die Kinder müde wurden, fuhr Mr. Yamada seine Familie im Taxi nach Hause.

Es war ein langer Tag für sie alle gewesen, und so waren sie bald im Bett und eingeschlafen. Alles war ganz still.

Um Mitternacht erwachte Mitsue von einem leisen Stöhnen. Sie machte die Augen auf und glaubte, sie habe geträumt. Dann hörte sie es wieder. Jemand war in ihrem Zimmer!

»Wer ist da?« rief sie.

Keine Antwort.

»Wer ist da?«

Und dann sah sie es. Die Gestalt eines weißgekleideten Mädchens kam auf sie zu. An ihrem Kleid war Blut.

»Hilf mir«, sagte das Mädchen, »hilf mir!«

Doch gleich darauf hatte die Erscheinung sich wieder in Luft aufgelöst.

4. Kapitel

Mitsue konnte nicht mehr einschlafen. Sie vergrub sich den Rest der Nacht verschreckt in ihrem Bett. Noch nie hatte sie einen Geist gesehen. Aber war es ein Geist? Oder nur ein Traum? *Nein,* dachte sie, *das war viel zu wirklich, als daß es ein Traum hätte sein können.*

Noch immer klangen ihr die Worte des Geistes in den Ohren. »Hilf mir, hilf mir!« Was bedeutete das? Schließlich nahm sie allen Mut zusammen, huschte aus dem Bett, stellte einen Stuhl vor die Tür und sprang eiligst wieder zurück ins Bett. *Jetzt kann der Geist nicht mehr herein,* dachte sie.

Beim Frühstück am Morgen fragte Takesh Yamada die Kinder, wie sie geschlafen hätten.

»Ich bin kein einziges Mal aufgewacht«, prahlte Kenji. »Mein Bett ist ganz toll.«

Mitsue aber war merkwürdig schweigsam und erschien ihrem Vater auch ziemlich blaß.

»Hast du nicht gut geschlafen, Mitsue?«

»Ich ... ich ...«, stotterte Mitsue. Sie wußte nicht recht, was sie sagen sollte. Wahrscheinlich würde sie nur ausgelacht, glaubte sie, wenn sie die Wahrheit erzählte. Aber dann sagte sie doch: »In meinem Zimmer war ein Mädchen.«

Ihr Vater lächelte. »Na ja, sicher.«

»Nein«, sagte Mitsue, »ich meine nicht mich selbst. Ich habe einen Geist gesehen.«

Ihr Vater zog die Stirn in Falten. »Unsinn«, sagte er. »Es gibt keine Geister.«

Kenji stellte sich sofort auf die Seite des Vaters und sagte überlegen: »Eben. Das ist doch nur ein alter Aberglaube. Was hast du wirklich gesehen?«

»Ich bin von einem Stöhnen aufgewacht und dachte zuerst, ich hätte geträumt. Dann hörte ich es wieder, und ich setzte mich auf und öffnete die Augen, und da war dieses ... Mädchen an der Tür und war völlig durchsichtig. Sie war ganz weiß gekleidet, aber vorne an ihrem Kleid war Blut.«

»Du hast einen Alptraum gehabt«, sagte der Vater.

»Sie hat aber sehr echt ausgesehen.«

»Hat sie etwas gesagt?« fragte die Mutter.

»Ja«, sagte Mitsue zögernd. »Sie sagte: Hilf mir, hilf mir.«

Jetzt wurde der Vater langsam ungeduldig. »Das ist genug Unsinn. Ich will kein Wort mehr davon hören. Es gibt keine Geister.«

»Natürlich nicht«, pflichtete ihm die Mutter bei. Doch noch während sie es sagte, kam ihr wieder die Frage in den Sinn, warum diese Wohnung so billig vermietet wurde.

Und ein Schauder überlief sie.

Kenji und Mitsue hatten verschiedene Fächer in der Schule. Sie hatten Englisch und Geschichte, Mathematik und Geographie. Kenjis Lieblingsfach war Englisch. Er war entschlossen, so schnell wie möglich so viel wie möglich zu lernen, damit er nicht mehr in Verlegenheit kam und Fehler machte, wenn er mit seinen Schulkameraden sprach.

Sein Englischlehrer sagte: »Heute nehmen wir die Hauptwörter durch, die Substantive, *nouns* auf englisch. Weiß jemand schon, was das ist, ein Substantiv, ein Hauptwort, ein *noun*?«

Kenji hob stolz die Hand. »Ich. *Noun* ist eine Klosterfrau.«

Der Lehrer verkniff sich ein Lächeln. »Nicht so ganz, Kenji. Was du meinst, ist eine *Nonne*. Nein, ein *noun*, ein Substantiv, ein Hauptwort, ist ein Wort für einen Gegenstand oder ein Ding oder eine Sache.« Er hielt ein Lineal in die Höhe. »Lineal ist ein Hauptwort.« Er griff an den Tisch. »Tisch ist ein Substantiv. Alle Gegenstände sind solche *nouns*.« Er fragte Kenji: »Kannst du mir noch mehr *nouns* sagen?«

Kenji stand auf und dachte kurz nach. »Ein Baseball.«

»Gut.«

»Sukiyaki.«

»Richtig.«

»Katze.«

»Ausgezeichnet. Du darfst dich wieder setzen.« Und der Lehrer wandte sich an die ganze Klasse. »Habt ihr es verstanden?«

Alle nickten. Er rief einen anderen auf. »Sag uns noch ein paar Substantive, Hauptwörter, *nouns*.«

Als sie mit dem Thema fertig waren, sagte der Lehrer: »Wenden wir uns jetzt den Verben zu. Weiß jemand, was ein Verb ist?«

Niemand meldete sich. Der Lehrer sah erwartungsvoll Kenji an. Doch auch Kenji schüttelte den Kopf.

»Na gut. Also, ein Verb bezeichnet eine Tätigkeit, deshalb kann man auch Tätigkeitswort dazu sagen. *Laufen* beispielsweise ist ein Verb, ein Tätigkeitswort. *Gehen* ist ein Verb. *Sich bewegen* ist auch eines.« Er rief wieder einen Schüler auf. »Gib uns noch ein paar Beispiele für Verben, Tätigkeitswörter.«

Der Schüler stand auf. »Kämpfen.«

»Ja.«

»Essen.«

»Gut.«

»Schreiben.«

»Gut. Setzen.« Der Lehrer sprach wieder zur ganzen Klasse. »Ihr seht also, jedes Wort, das eine Tätigkeit bezeichnet, ist ein Verb oder Verbum oder eben Tätigkeitswort. Wir wissen jetzt also schon, daß *nouns*, Hauptwörter, Dinge und Sachen bezeichnen, und Verben oder Tätigkeitswörter Dinge, die getan werden und Gegenstände bewegen.« Er rief wieder Kenji auf. »Kannst du uns nun vielleicht ein *noun* und ein Verbum in einem Satz zusammenfügen?«

Kenji stand auf. »Ja. Der Ball flog durch die Luft.«

»Sehr gut, Kenji.«

Nun sagte der Lehrer: »Es gibt noch eine dritte wichtige Wortart. Sie beschreibt die Dinge. Wir sagen vielleicht: Ich habe einen Sonnenuntergang gesehen. Aber damit wissen wir nicht, was für ein Sonnenuntergang das war. War er schön oder nur sehr blaß? Das wissen wir alles noch nicht. Oder wir sagen vielleicht: Ich sah einen Mann. Aber damit wissen wir nichts weiter über den Mann, außer daß er ein Mann war. Aber war er groß oder klein, alt oder jung? Unser Satz braucht also noch Hilfe, und das Wort, das uns diese Hilfe gibt, heißt Adjektiv oder auch Eigenschaftswort, weil es uns mitteilt, was für Eigenschaften unser Gegenstand hat. *Groß* ist so ein Adjektiv oder Eigenschaftswort, und *klein* natürlich auch, und *alt* und *jung*. Sie alle beschreiben uns den Mann, sagen uns, was für Eigenschaften er hat. Ist das allen klar?«

Kenji war es klar. Er meldete sich.

»Gut, du möchtest uns ein Beispiel geben, Kenji?«

Kenji stand auf. »Jawohl, Herr Lehrer. Der *weiße* Baseball flog durch die *kalte* Luft.«

»Sehr gut, Kenji. Du magst Baseball, wie?«

»Ja, Herr Lehrer.«

»Gut, also jetzt haben wir auch noch die Adjektive oder Eigenschaftswörter kennengelernt. Demnächst sprechen wir über die Wortgeschlechter oder Genusformen.«

Am Mittag trafen sich die Geschwister in der Cafeteria beim Essen und hatten einander viel zu erzählen.

»In meiner Klasse sind alle sehr nett zu mir«, sagte Mitsue. »Frances hat mich sogar schon zum Essen bei ihr zu Hause eingeladen. Glaubst du, Vater wird es erlauben?«

»Doch, ja.«

»Ich hoffe es auch. Und wie geht es dir in deiner Klasse?«

»Sehr gut«, sagte Kenji. »Wir reden viel über Baseball.«

Am Samstagmorgen mußte Takesh Yamada nicht ins Büro. »Hier in Amerika«, sagte er am Frühstückstisch, »wird am Samstag nicht gearbeitet. Wir haben den ganzen Tag zu unserer freien Verfügung.«

Keiko sagte: »Könnten wir vielleicht mit der Manhattan-Fähre fahren?«

Mitsue sagte: »Ich möchte die Freiheitsstatue sehen.«

Kenji sagte: »Können wir nicht zum Rockefeller Center gehen?«

Takesh Yamada lächelte. »Kommt alles an die Reihe«, sagte er. »Meinetwegen fahren wir also heute zuerst zur Freiheitsstatue und danach zum Rockefeller Center. Und morgen, am Sonntag, fahren wir mit der Manhattan-Fähre.«

»Ich nehme meine Kamera mit«, sagte Kenji. Er hatte eine neue Nikon und war sehr stolz auf sie.

Sie brauchten nur wenige Minuten, bis sie fertig waren. Mitsue sagte noch zur Katze: »Tut mir leid, Neko, daß wir dich nicht mitnehmen können, aber du mußt hierbleiben und für uns auf die Wohnung aufpassen.«

Neko schnurrte.

Sie fuhren mit dem Aufzug nach unten und begegneten in der Eingangshalle dem Hausverwalter Mr. Feeney.

Er lächelte ihnen zu. »Na, ein bißchen die Stadt ansehen, ja?« fragte er.

»Richtig«, sagte der Vater.

»Viel Vergnügen.«

»Danke.«

Auf der Straße draußen sagte die Mutter: »Ich mag Mr. Feeney. Wir haben wirklich Glück, so einen freundlichen Hausverwalter zu haben. Er ist immer sehr entgegenkommend.«

Ihre erste Station war Bedloe's Island, die kleine Insel in der Hafenbucht, auf der die Freiheitsstatue steht und stolz ihren Arm mit der Fackel der Freiheit in den Himmel reckt. Sie kannten diese berühmte, große Statue alle von Bildern, aber sie staunten doch, als sie sie wirklich vor sich sahen, wie groß sie tatsächlich war.

Mr. Yamada deutete hin und erklärte es ihnen: »Das ist die Fackel der Freiheit.«

»Ich will ein Foto von euch mit ihr machen«, sagte Kenji. »Stellt euch hin.« Als die Familie sich aufgestellt hatte, knipste er.

»Jetzt mache ich eines von dir«, sagte seine Schwester.

Kenji stellte sich zu seinen Eltern, und Mitsue fotografierte.

Dann bemerkte Kenji, daß die Leute in die Statue hineingingen.

»Können wir auch hineingehen?« fragte er seinen Vater.

»Aber sicher.«

Sie gingen hinein, und das war ein seltsames Gefühl. Die Betonstufen waren sehr steil, und der Aufstieg dauerte ziemlich lange. Als sie schließlich oben ankamen, waren sie ganz außer Atem. Doch es war die Mühe wert. Sie hatten einen großartigen Blick auf die Skyline von Manhattan drüben über dem Wasser.

»Ich kann von hier aus zwei Flüsse erkennen!« rief Kenji.

»Richtig«, sagte der Vater. »Das ist dort der East River, nämlich eben im Osten, und dort im Westen der Hudson River.«

»Da kommen bestimmt Schiffe aus der ganzen Welt an«, sagte Mitsue.

»Richtig«, nickte ihr Vater.

Kenji erinnerte sich an einige Namen in aller Welt, die er in Tokio am Flughafen gelesen hatte. Indien. England. Moskau. »Wenn ich groß bin«, sagte er, »reise ich in alle Länder der Welt.«

»Das ist leicht möglich«, sagte Mr. Yamada. »Darum ist es gut, wenn du jetzt alles lernst, was du nur lernen kannst, damit du später für die Welt draußen gerüstet bist!«

Mitsue fragte neckend: »Ja, aber wird die Welt auch für Kenji gerüstet sein?«

Doch Kenji fand das gar nicht lustig und raunzte: »Kannst ja deinen Geist fragen!«

Mutter Keiko ging dazwischen und besänftigte. »Na, na, Kinder, hört auf.«

»Seht mal«, sagte Mitsue, »ich sehe von hier aus unsere Wohnung!«

Da lachte ihr Vater. »Wenn das stimmt, dann hast du aber richtige Adleraugen.«

Sie blieben noch eine ganze Stunde und konnten sich an dem Blick auf die Wolkenkratzer gar nicht satt sehen.

Schließlich aber sagte Takesh Yamada: »Nun kommt aber. Es gibt noch soviel anderes zu sehen. Da müssen wir jetzt allmählich weiter.«

Der Abstieg aus dem Kopf der Freiheitsstatue war leichter. Die Inselfähre brachte sie zurück nach Manhattan.

Mr. Yamada hatte einen Stadtführer gekauft und studierte ihn nun. »Wir sind hier gar nicht weit von Greenwich Village«, sagte er.

»Was ist das, Greenwich Village?« fragte Mitsue.

»Das ist das Künstlerviertel von New York«, sagte ihr Vater. »Da leben die Dichter und Maler.«

»Gehen wir doch mal hin«, meinte die Mutter.

Sie nahmen ein Taxi nach Greenwich Village und gingen dort herum. Es war sehr anregend. Es gab sehr originelle Läden und viele Kunstgalerien. Zum Essen gingen sie in ein Lokal, das sich Coffee Shop nannte. Dort sah Mr. Yamada wieder in seinem Stadtführer nach. »Auch die Wall Street«, sagte er, »ist nicht weit von hier.«

»Was ist das, Wall Street?« fragte Mitsue wieder.

»Das ist«, antwortete ihr diesmal ihr Bruder, »wo die amerikanische Börse ist. Alle großen Geschäfte in Amerika werden hier gemacht.«

»Nicht alle«, korrigierte der Vater. »Aber doch sehr viele, das stimmt schon.«

»Können wir das anschauen?« fragte Kenji.

»Na gut, gehen wir hin.«

Doch die Wall Street war eine Enttäuschung. Sie sah aus wie jede andere Straße mit großen Geschäftshäusern und Banken.

»Viel zu sehen ist da nicht«, konstatierte Kenji.

»Ja, aber heute ist auch Samstag. Wenn du an einem Wochentag herkommen würdest, könntest du bestimmt eine ganze Menge sehen.« Vater Takesh Yamada sah auf die Uhr. »Wenn wir noch zum Rockefeller Center wollen, müssen wir jetzt weiter.«

Sie nahmen wieder ein Taxi bis zum Rockefeller Center. Dieses war ein riesiger Platz mit aufregenden Läden und Restaurants, und diesmal waren die Kinder nicht enttäuscht. Zu ihrer Verwunderung gab es in der Mitte eine Eisbahn, die auch voller Eisläufer war.

»Können wir auch eislaufen?« fragte Kenji sofort.

»Ja, ich weiß nicht recht«, meinte sein Vater stirnrunzelnd.

»Ach, bitte«, sagte Kenji.

»Laß sie doch«, sagte die Mutter zum Vater. »Wir können auf der Terrasse Tee trinken und ihnen zuschauen.«

»Na, meinetwegen«, sagte Mr. Yamada. »Dann zieht los, ihr beiden.«

Die Kinder mieteten Schlittschuhe. Sie waren schon nach ein paar Minuten auf dem Eis bei den anderen Schlittschuhläufern und amüsierten sich großartig. Kenji war ein hervorragender Eisläufer, Mitsue allerdings noch ungeübt. Sie fiel immer wieder hin, und Kenji mußte sie ein ums andere Mal aufheben.

Ihre Eltern saßen auf der Terrasse und sahen ihnen stolz zu.

»Wir haben gute Kinder«, sagte Mr. Yamada.

Als die Kinder genug hatten vom Eislaufen, spazierte die Familie durch das ganze Rockefeller Center und betrachtete die Geschäfte und ihre Auslagen. Dann traten sie in eine Halle ein, wo ein Schild zu den »NBC Broadcasting Studios« wies.

»Hier werden die Fernsehprogramme produziert«, sagte Kenji. »Können wir mal in eines der Studios gehen und zusehen?«

»Ich will mich erkundigen«, sagte sein Vater, »ob das möglich ist.« Er ging zu einem der uniformierten Aufseher an einem Schalter. »Entschuldigung, Sir, sind hier Zuschauer in die Fernsehstudios zugelassen?«

Der Aufseher nickte. »Ja, ja. Gerade in ein paar Minuten geht wieder eine Fernsehshow an. Wenn Sie da hinein möchten?«

Takesh Yamada blickte forschend auf seine Frau und

die Kinder und sagte dann lächelnd: »O ja, ich denke schon.«

Sie bekamen kostenlose Eintrittskarten und saßen zehn Minuten danach in einem Theater mit zweihundert Sitzplätzen und einer großen Bühne vorne, die voller Kameras und Mikrophone stand. Der Zuschauerraum war voller Leute.

Ein Mann kam auf die Bühne und sagte: »Guten Tag, meine Damen und Herren. Ich begrüße Sie zu unserem Fragespiel *Wissen Sie die Antwort?* In ein paar Minuten beginnt die Live-Sendung. Alle von Ihnen hier haben die Chance, Mitspieler zu werden.«

»Habt ihr das gehört?« sagte Kenji aufgeregt. »Wie macht man es, daß man Mitspieler wird?«

Als hätte der Ansager seine Gedanken erraten, sagte er: »Ich werfe jetzt Tischtennisbälle zu Ihnen ins Publikum, und wer einen davon fängt, kann ihn hier herauf auf die Bühne bringen und bekommt die Chance auf einen Gewinn von hundert Dollar.«

»Wäre das nicht toll«, sagte Kenji, »wenn ich ins Fernsehen käme?«

»Du kleiner Träumer«, sagte Mutter Keiko und schüttelte tadelnd den Kopf.

»Jetzt geht es los!« rief der Ansager vorne und begann Tischtennisbälle ins Publikum zu werfen. Viele Leute standen auf, um einen davon zu fangen. Die Bälle flogen in die verschiedenen Richtungen des Zuschauerraums, leider kam keiner auch nur in die Nähe der Plätze, wo die Familie Yamada saß.

»Und hier kommt der letzte Ball!« rief der Ansager. Als er ihn warf, kam er direkt auf Kenji zugeflogen. Kenji fing ihn auf und rief wie auf dem Baseballfeld: »Ich habe ihn, ich habe ihn!«

Der Sprecher sagte: »Wenn jetzt bitte alle, die einen Ball gefangen haben, hier auf die Bühne kommen!«

Kenji wandte sich an seinen Vater: »Darf ich hingehen?«

»Natürlich, Kenji. Viel Glück.«

»Ich gewinne die hundert Dollar!« verkündete Kenji siegessicher. »Ihr werdet sehen!« Er eilte nach vorne und auf die Bühne zu den anderen Zuschauern mit Tischtennisbällen.

Es war ein aufregendes Gefühl, zu wissen, daß man im Fernsehen war, zumal Kenji so etwas noch nie zuvor erlebt hatte. *Vielleicht sind sie ja von meinen Antworten so beeindruckt,* dachte er, *daß sie mich zum Fernsehstar machen.*

»Die Spielregeln«, rief der Ansager, »sind folgende. Ich stelle Ihnen eine Frage, und Sie haben sechzig Sekunden Zeit, sie zu beantworten. Stimmt Ihre Antwort, gewinnen Sie hundert Dollar. Sind Sie bereit?«

»Ja«, antworteten alle.

Der Sprecher wandte sich an die erste Mitspielerin.

»Wir spielen Ihnen ein Lied vor, und Sie sagen mir anschließend den Titel.«

Die Melodie von *White Christmas* erklang.

»*White Christmas*«, sagte die Kandidatin.

»Richtig!« rief der Sprecher. Das Publikum applaudierte. Der Sprecher überreichte ihr den gewonnenen Geldschein.

Die Antwort hätte ich auch gewußt, dachte Kenji. *Warum hat er mir diese Frage nicht gestellt?*

Der nächste Kandidat war ein älterer Mann. »Wie hieß der letzte Staat, der zu den Vereinigten Staaten kam?«

Alaska, dachte Kenji.

Und im nächsten Augenblick sagte der Mann richtig: »Alaska!«

»Das stimmt! Hier sind Ihre hundert Dollar!«

Das wird ja ganz leicht, dachte Kenji. Jetzt war er bereits dran.

»Aha!« sagte der Sprecher. »Und wo kommst du her?«

»Aus Tokio!« antwortete Kenji. »Meine Eltern und meine Schwester sind auch hier im Publikum.«

Der Ansager lächelte. »Das ist schön. Nun, junger Mann, sind wir bereit für die Frage?«

»Ja.« Kenji spürte sein Herz heftig klopfen. Er war sich ganz sicher, daß auch er hundert Dollar gewinnen würde.

»Kannst du mir die drei Schiffe nennen, mit denen Kolumbus nach Amerika gesegelt kam?«

Kolumbus, dachte Kenji. *Das war der Mann, der geglaubt und auch gesagt hatte, die Erde sei rund und nicht flach, und der Amerika entdeckt hatte. Die Antwort weiß ich.* Und er wandte sich zu dem Sprecher.

»Die *Niña*.«

»Richtig.«

»Die *Pinta*.«

»Auch richtig.«

Und dann war Kenjis Kopf auf einmal wie leergeblasen. *Wie hieß das dritte Schiff gleich wieder?*

»Deine Zeit läuft ab, Junge«, mahnte der Ansager. »Tut mir leid ...«

Da hörte Kenji aus dem Publikum seine Schwester laut flüstern. „Die *Mayflower*.«

»Und die *Mayflower*«, sagte er.

»Das tut mir leid, Junge. Aber es war die *Santa Maria*.«

Kenji sank das Herz in die Hose. Er hatte die hundert Dollar doch nicht gewonnen. Und alles wegen seiner Schwester!

Als sie wieder draußen auf der Straße waren, entschuldigte sich Mitsue. »Tut mir leid«, sagte sie. »Die Aufregung hat mich überwältigt.«

Vater Takesh lachte. »Mach dir nichts daraus, Kenji.

Immerhin kannst du, wenn wir wieder zu Hause sind, allen Freunden erzählen, daß du im amerikanischen Fernsehen gewesen bist.«

Auf dem Heimweg sagte Mutter Keiko: »Ich will noch einkaufen. Hier in Amerika scheint man alle Lebensmittel einzufrieren. Aber ich möchte lieber jeden Tag frisches Gemüse und Fleisch haben. Geht ihr beiden schon mal voraus. Vater und ich kommen dann nach.«

»Ist gut«, sagte Kenji.

Die Eltern setzten die beiden vor dem Haus ihrer Wohnung ab. Kenji und Mitsue gingen hinein. Sie trafen dort wieder den Hausverwalter Mr. Feeney an.

»Guten Abend«, sagte Mr. Feeney freundlich. »Na, habt ihr einen schönen Tag gehabt?«

»Ganz toll«, sagte Kenji. »Und ich war in einem Quiz im Fernsehen!«

»Schade, daß ich das verpaßt habe«, sagte Mr. Feeney.

»Viel haben Sie nicht versäumt«, sagte Kenji. »Ich habe verloren.«

»Na, dann mehr Glück beim nächsten Mal«, sagte Mr. Feeney lächelnd.

Kenji konnte ihn gut leiden. Er war so freundlich und warmherzig. Und er schien immer fröhlich zu lächeln.

Im Aufzug sagte Mitsue noch einmal: »Tut mir wirklich leid, Kenji. Echt.«

»Ist ja nicht deine Schuld, kleine Schwester«, sagte Kenji. »Ich hätte sie selbst wissen müssen, die Namen der drei Schiffe.«

Der Aufzug hielt, sie stiegen aus und gingen den Korridor entlang bis zu ihrer Wohnung. Kenji holte den Schlüssel heraus und schloß die Tür auf. Sie traten ein und blieben wie angewurzelt stehen. Überall standen Schubladen offen, Tische waren umgeworfen, und Kleider aus den Schränken der Schlafzimmer lagen im Wohnzimmer herum.

»Einbrecher«, sagte Kenji atemlos.

Aber Mitsue schüttelte den Kopf. »Nein«, sagte sie langsam. »Unser Geist ist wiedergekommen.«

5. Kapitel

Mitsue sah sich in der verwüsteten Wohnung um und sagte dann: »Es scheint überhaupt nichts zu fehlen. Also kann es kein Einbrecher gewesen sein.«

»Jedenfalls kann es auch kein Geist gewesen sein«, mokierte sich Kenji.

»Und wieso nicht?« wollte Mitsue wissen.

»Weil es keine Geister gibt, liebe Schwester«, sagte Kenji hochmütig und überlegen.

»Aber ich sagte dir doch, Kenji, daß ich einen gesehen habe.«

»Du hast geglaubt, einen zu sehen, das ist der Unterschied. Du hast doch gehört, was Vater gesagt hat. Es war ein Alptraum.«

»War es nicht«, beharrte Mitsue und schüttelte entschieden den Kopf dazu. »Es war sehr wirklich. Sie hat doch sogar zu mir gesprochen!«

»Ach Gott«, sagte Kenji abweisend, »du bist einfach nur dumm.«

Mitsue starrte ihn böse an. »Na gut, dann werde ich dir beweisen, daß ich recht habe.«

»Und wie willst du das machen?«

»Sie ist mir um Mitternacht in meinem Zimmer erschienen. Du brauchst bloß heute nacht zu mir kommen, dann siehst du es selbst.«

»Ach, Mitsue, was soll denn das?«

»Kommst du oder nicht? Ich beweise es dir ein für allemal. Vielleicht hörst du dann auf, dich über mich lustig zu machen.«

»Also gut, meinetwegen«, sagte Kenji und seufzte demonstrativ. »Wenn du unbedingt meinst, kleine Schwester. Aber ich weiß, daß es vertane Zeit ist. Jetzt räumen wir besser erst mal hier die Wohnung auf, bevor die Eltern da sind.«

Sie begannen aufzuräumen. Sie waren allerdings erst halb fertig, als ihre Eltern zurückkamen. Mutter Keiko starrte auf das Chaos und sagte: »Was habt ihr denn gemacht?«

»Nichts, Mutter. Wir –«

»Wie könnt ihr nur einen solchen Saustall anrichten? Eure Kleider gehören doch nicht hierher ins Wohnzimmer! Sie gehören in eure Zimmer!«

Kenji und Mitsue war klar, daß sie den Eltern gar nicht erst etwas von einem Geist zu erzählen brauchten.

»Neko war es«, sagte Mitsue.

In dieser Nacht war Mitsue sehr aufgeregt. Sie würde ihrem Bruder beweisen können, daß Wirklichkeit war, was sie gesehen hatte, und kein Traum.

Nach dem Essen flüsterte sie Kenji zu: »Denke an dein Versprechen. Du kommst zu mir und siehst dir den Geist selbst an.«

»Ach, Mitsue, warum vergißt du diese Geschichte nicht einfach und –«

»Du hast es versprochen!«

Kenji seufzte. »Also gut, ich komme.«

»Um Mitternacht.«

»Ja, um Mitternacht.«

Kenji ging in sein Zimmer und machte seine Hausaufgaben. In Amerika waren die Hausaufgaben sehr viel leichter als in Japan, fand er. In Japan nahm die Schule fast die ganze Zeit in Anspruch, aber hier in Amerika hatte man viel Zeit für andere Dinge. *Wie zum Beispiel Geister sehen,* dachte er.

Um zehn Uhr sagte ihr Vater: »Also, Kinder, Zeit zum Schlafengehen!«

Aber Mitsue konnte nicht schlafen. Sie war zu aufgeregt in der Erwartung, den Geist wiederzusehen. Und auch Kenji dachte daran – obwohl er es sich eigentlich nicht einmal selbst eingestehen wollte –, wie toll das wäre, wenn da wirklich ein Geist erschiene. Das wäre eine Geschichte, mit der man in der Schule im Mittelpunkt stehen könnte!

Um drei Viertel zwölf, als die Eltern auch schon im Bett waren, ging Kenji über den Flur und durch das Wohnzimmer zu Mitsue und klopfte bei ihr an.

»Komm herein«, flüsterte Mitsue und versicherte ihm dann: »Der Geist wird genau um Mitternacht erscheinen.«

Kenji setzte sich zu seiner Schwester auf die Bettkante und fragte noch einmal: »Wie, hast du gesagt, sieht er aus, dein Geist?«

»Sie war jung, etwa siebzehn oder achtzehn, und hatte ein hübsches, weißes Kleid an.«

»Und darauf war Blut, sagst du?«

»Ja.«

»Das ergibt doch keinen Sinn. Wieso sollte Blut auf ihrem Kleid sein?«

»Das weiß ich doch nicht. Wir können sie ja fragen.«

»Falls sie kommt.«

»Sie kommt«, sagte Mitsue zuversichtlich.

»Wie willst du das wissen?«

»Weil sie mich gebeten hat, ihr zu helfen! Also kommt sie auch wieder.«

Es war fünf Minuten vor Mitternacht. Kenji spürte nun doch, wie er unwillkürlich ebenfalls sehr aufgeregt wurde. Was, wenn dieser Geist wirklich kam? Er hatte Angst, aber das wollte er auf keinen Fall zugeben. »Mußt du die Tür offenlassen, damit sie hereinkann?« fragte er.

»Aber nein. Sie schwebt einfach durch die Tür.«

Kenji lachte auf. »Ach komm, soll ich das vielleicht wirklich glauben?«

»Du wirst es sehen.«

Und dann war genau Mitternacht. Sie saßen alle beide angespannt da und warteten, daß die Erscheinung durch die Tür käme. Aber nichts geschah. Es wurde fünf nach zwölf, dann Viertel nach zwölf, dann halb eins.

»Sie kommt nicht«, sagte Mitsue. Sie vermochte ihre eigene Enttäuschung nicht zu verbergen.

»Was ich gesagt habe«, erklärte Kenji überlegen. »Fast hättest du mich eine Minute lang dazu gebracht, daran zu glauben.«

»Kenji, wenn ich dir sage, wirklich ...«

»Ja, ich gebe zu, du hast geglaubt, etwas zu sehen. Aber es war doch nur ein Traum, das kannst du mir glauben. Und jetzt gehe ich wieder zu Bett, wenn du nichts dagegen hast.«

Und er ging zurück in sein Zimmer.

Am Montag in der Schule dachte Mitsue wieder über das Geistermädchen nach. Hatten ihr Vater und ihr Bruder doch recht, und sie hatte sich nur etwas eingebildet, und es gab wirklich keine Geister? Sie war sich nicht einmal sicher, was das genau war, ein Geist.

In der Pause ging sie zu Mrs. Marcus. »Mrs. Marcus, was ist ein Geist?«

Die Lehrerin war über diese Frage ziemlich überrascht. »Ja, also, ein Geist ist, glaubt man, der Geist von

Toten, der ruhelos umherwandert, weil er auf Erden noch etwas zu erledigen hat. Wenn dies geschehen ist, kann er endgültig ins Jenseits wandern.«

»Aha, ich verstehe.« Aber in Wirklichkeit verstand es Mitsue überhaupt nicht. Was sollte das junge Mädchen auf Erden noch zu erledigen haben?

»Wieso fragst du mich das?« wollte Mrs. Marcus wissen.

Aber Mitsue war es peinlich, der Lehrerin von ihrem seltsamen Erlebnis zu erzählen. »Ach, nur so«, sagte sie deshalb. Und sie dachte bei sich: *Ich möchte wissen, ob das Geistermädchen vielleicht heute nacht wiederkommt. Kenji soll sie auf jeden Fall sehen.*

Kenji hatte Mitsues Geist schon wieder vergessen. Er hatte andere Dinge im Kopf. Mittags war im Schulhof ein Baseballspiel im Gange. Er stand dabei und sah zu, wie sich die zwei Mannschaften bildeten. Er wollte sehr gerne mitspielen, aber sich nicht aufdrängen und selbst etwas sagen. Schließlich sah der Kapitän der einen Mannschaft zu ihm her.

»Spielst du Baseball?«

»Ein wenig«, sagte Kenji mit Bescheidenheit und verschwieg, daß er zu Hause Mannschaftskapitän gewesen war.

»Na gut, wir geben dir eine Chance und probieren dich aus, in meiner Mannschaft. Komm her.«

»Danke«, sagte Kenji glücklich.

Sein Team war zuerst Schlagpartei. Der erste Spieler schied aus, der zweite ebenfalls, dann war die Reihe an Kenji.

»Also, dann zeig mal, was du kannst«, rief der Mannschaftskapitän.

»Ich gebe mir Mühe«, sagte Kenji und ging zur Platte. Er beobachtete, wie der Werfer, der Pitcher, einen »schnellen« Ball warf. Aber er, Kenji, hatte schon längst einen entscheidenden Trick für das Baseballspiel gelernt. Baseball spielte man mit dem Kopf, im Kopf. Und als er den Ball geflogen kommen sah, stellte er ihn sich deshalb in ganz langsamem Flug, wie in Zeitlupe vor, so daß er viel Zeit hatte, ihn richtig und genau zu schlagen. Als der Ball bei ihm war, schlug er exakt zu. Der Ball flog hoch in die Luft und über das ganze Feld hinweg.

Den anderen blieb der Mund offenstehen.

»Lauf!« schrie ihm der Mannschaftskapitän zu.

Kenji lief zum ersten Base. Seine Mannschaft gewann das ganze Spiel.

Als seine Mannschaft im nächsten Spielabschnitt Feld- und Fangmannschaft war, kam der Kapitän zu ihm. »Kannst du auch so gut werfen wie schlagen?«

»Ich will mein Bestes tun«, sagte Kenji.

»Na gut, dann bist du jetzt der Pitcher.«

Kenji warf so raffiniert, daß die ersten drei Spieler

der anderen Mannschaft ausschieden, ohne getroffen zu haben. Unnötig zu sagen, daß seine Mannschaftskameraden sehr beeindruckt waren. Nach dem Spiel kam der Kapitän zu ihm.

»Ich heiße Clarence. Möchtest du Dauermitglied in der Mannschaft werden?«

»O ja, sehr gerne«, sagte Kenji.

»Gut, abgemacht.«

Und sie schüttelten sich die Hand.

Als Kenji und Mitsue von der Schule nach Hause kamen, hatte der Hausverwalter, John Feeney, gerade wieder in der Eingangshalle zu tun. Er drehte sich zu ihnen um, als sie hereinkamen.

»Tag, Kenji und Mitsue. Wie geht es euch?«

»Ganz gut, danke«, sagte Kenji.

»Und wie geht es in der Schule?«

»Gut«, sagte Mitsue. »Wir gehen gern in die Schule.«

»Wie ist es, habt ihr Appetit auf Doughnuts und ein Glas Milch?«

Kenji lächelte. »Gerne, Sir.«

»Dann kommt mit.« John Feeney öffnete die Tür zu seiner Wohnung und ließ die Kinder eintreten. »Ich habe hier ganz frische, gute Doughnuts und auch Milch.« Er war entschieden einer der freundlichsten Menschen, denen die Kinder bisher begegnet waren.

Er stellte ihnen die Doughnuts und die Milch auf seinen Eßtisch. »Bedient euch«, sagte er.

Die Doughnuts waren wundervoll, und die Milch war schön kalt.

»Wie gefällt es euch bei uns in Amerika?« fragte Mr. Feeney.

Kenji antwortete mit vollem Mund: »Sehr gut, Sir. Alle sind sehr nett.«

»Wir geben uns Mühe«, sagte Mr. Feeney lächelnd. »Amerika ist ein noch ziemlich junges Land, wißt ihr. Euer Land hat eine viel, viel ältere Kultur als das unsere hier.«

»Waren Sie schon einmal in Japan, Mr. Feeney?« fragte Mitsue.

»Nein. Das ist eines der wenigen Länder, wo ich noch nicht war. Aber ich hoffe, daß ich eines Tages noch hinkomme.«

»Dann müssen Sie uns aber auf jeden Fall besuchen«, sagte Mitsue. »Nächstes Jahr sind wir ja wieder zu Hause.«

»Das tue ich bestimmt«, sagte John Feeney. »Und wie kommt ihr oben in eurer Wohnung zurecht?«

»Oh, gut, Sir. Sie ist schön. Wir sind sehr zufrieden damit.«

Feeney fragte: »Habt ihr vielleicht schon irgendwelche Probleme gehabt?«

Kenji sah ihn verwirrt an. »Probleme?«

»Na ja, ihr wißt schon, Lärm oder so.«

»Nein, Sir.« Kenji wunderte und fragte sich, worauf der Hausverwalter wohl hinauswollte. Einen Augenblick lang dachte er daran, zu erwähnen, daß Mitsue glaubte, einen Geist gesehen zu haben, aber das ließ er dann doch lieber bleiben. Er hatte das Gefühl, daß das zu albern klingen würde. John Feeney würde sie nur auslachen.

»Nein, nein«, sagte er also. »Es ist alles in Ordnung.«

»Na, dann ist es gut. Freut mich zu hören.«

Wie Kenji schloß auch Mitsue schnell und leicht Freundschaften. So kam es, daß sie von mehreren Klassenkameradinnen zum Essen nach Hause eingeladen wurde. »Darf ich, Mutter?« fragte sie.

»Aber natürlich«, sagten ihre Eltern. Sie freuten sich, daß Mitsue beliebt war und Anschluß fand. »Anschließend mußt du die Mädchen zu uns einladen«, sagte Keiko. »Wir möchten sie ebenfalls gerne kennenlernen.«

Mitsue hatte allerdings nicht die Absicht, Schulkameradinnen nach Hause einzuladen. Sie hatte Angst, daß gerade dann vielleicht das Geistermädchen erschien. Deshalb sagte sie nur: »Ja, ja, aber das hat Zeit.«

Am Freitag sagte Mitsue zu ihrem Bruder, als sie nach Hause kamen: »Tust du mir einen Gefallen?«

»Meinetwegen. Soll ich dir bei den Hausaufgaben helfen?«

»Nein, das ist es nicht«, sagte Mitsue. »Aber ich möchte, daß du heute nacht wieder in mein Zimmer kommst.«

Er blieb stehen und starrte sie an. »Aber Mitsue, das habe ich doch nun schon getan. Und wir haben gesehen, daß es keinen Geist gibt.«

»Nein, das haben wir eben nicht«, beharrte Mitsue hartnäckig. »Denk daran, sie kam an einem Freitag. Heute ist wieder Freitag. Ich glaube, sie könnte heute wiederkommen.«

»Wieso sollte sie ausgerechnet nur am Freitag kommen?«

»Das weiß ich doch nicht, Kenji. Ich weiß nur und spüre es, sie kommt heute wieder. Was ist? Kommst du?«

Kenji seufzte. »Also gut. Aber das ist das letzte Mal.«

Mitsue lächelte zufrieden. »Danke.«

Kenji wußte, daß das alles lächerlich war, aber er liebte seine Schwester und wollte sie nicht enttäuschen. Er war also bereit, ihr den Gefallen zu tun. Aber danach mußte dann endgültig Schluß sein mit diesen Phantastereien.

Nach dem Abendessen schrieben die Kinder Briefe an ihre alten Freunde in Tokio.

»Die Schule ist leicht«, schrieb Kenji. »Und ich bin in der Baseballmannschaft. Sie haben hier ziemlich gute Spieler. Wir machen viele Ausflüge durch ganz New York. Es ist eine interessante Stadt. Tokio fehlt mir aber schon …«

Mitsue schrieb an ihre Freundinnen: »Hier gibt es keine Schuluniformen. Die Mädchen tragen Jeans, und manche haben auch schon Lippenstift. Mutter sagt, ich kriege erst einen Lippenstift, wenn ich ein wenig älter bin. Ob sie mich jemals Jeans anziehen läßt, weiß ich nicht.«

Um zehn Uhr sagte Mutter Keiko: »So, Kinder, Zeit, schlafen zu gehen, hopphopp. Morgen früh bekommt ihr wieder ein schönes Frühstück.«

Beide gaben ihren Eltern einen Gutenachtkuß und gingen auf ihre Zimmer.

Kenji war müde. Es war ein langer und anstrengender Tag gewesen, wenn er auch sehr zufrieden war. Er kam in der Klasse gut zurecht und war nun auch schon in der Baseballmannschaft der Schule. Er hatte allen Grund, sich zu freuen. Er drehte sich um und war schon beim Einschlafen, als ihm plötzlich wieder sein Versprechen an Mitsue einfiel.

»Ach, nein«, grummelte er vor sich hin. »Jetzt muß ich wegen dieses blöden Geistermädchens auch noch wach bleiben.«

Er hätte viel lieber ordentlich geschlafen, aber es war

ihm klar, daß er sein Versprechen halten mußte. Also griff er sich ein Buch und begann zu lesen. Und im Handumdrehen war es dann auch schon ein paar Minuten vor Mitternacht. Seine Augen waren ihm schon sehr schwer, aber er schaffte es, wach zu bleiben. In der Wohnung war es völlig still. Er machte leise seine Zimmertür auf und schaute ins Wohnzimmer. Die Eltern waren schon schlafen gegangen. Er schlich auf Zehenspitzen zu Mitsues Zimmer und klopfte leise an.

»Mitsue, bist du wach?«

Er hörte sie flüstern: »Ja, komm herein.«

Er machte die Tür auf und trat ein. Das Zimmer war vollgestopft mit Mitsues Puppen und Stofftieren.

»Sie muß jeden Augenblick kommen«, flüsterte Mitsue.

Kenji sagte kopfschüttelnd: »Ach was, niemand wird kommen, Schwesterlein. Es gibt keine Geister.«

»Na gut, dann warte es eben ab.«

Er setzte sich auf den Bettrand zu ihr. »Weißt du was?« sagte er. »Ich habe heute Baseball gespielt. Der Mannschaftskapitän sagte mir, daß ich einer der Besten bin.«

»Pst!« machte Mitsue.

Er sah überrascht hoch. »Was ist denn?«

»Pst! Sie kommt!«

»Ach was, niemand kommt«, sagte Kenji ungehalten. »Der Mannschaftskapitän sagte also, daß ich, wenn ich wollte –«

Aber in diesem Augenblick hörte er ein leises Stöhnen.

Er sah Mitsue an. »Warst du das?«

»Nein.«

Kenji blickte zur Tür. Und da schien etwas einfach aus der Tür herauszutreten. Es war wie eine Art weiße, wirbelnde Wolke ohne Form und Gestalt, aber es bewegte sich auf sie zu. Es war auf einmal ganz kalt im Zimmer.

»Das ist sie«, flüsterte Mitsue.

Die weiße Wolke nahm plötzlich Form an und wurde genau das Mädchen, das Mitsue schon einmal gesehen hatte. Und es trug genau dasselbe weiße Kleid mit den Blutflecken darauf.

»Bitte helft mir«, sagte das Mädchen. »Helft mir.«

Kenji saß mit großen Augen da wie versteinert. Er versuchte zu sprechen, brachte aber kein Wort heraus.

»Sag mir, wie wir dir helfen können«, sagte Mitsue.

Aber da war die Erscheinung bereits wieder durch die geschlossene Tür hinaus verschwunden.

»Hast du sie jetzt gesehen?« fragte Mitsue.

Kenji war noch immer sprachlos. Sein Herz klopfte heftig, und die Kehle war ihm trocken. *Ich habe gerade einen Geist gesehen,* dachte er. *Einen wirklichen, lebendigen Geist ... ich meine, einen wirklichen, toten Geist ... Ich meine ...* Er war so verwirrt, daß er nicht mehr wußte, was er denken sollte.

»Ob du sie gesehen hast?« beharrte Mitsue.

»Ja.« Seine Stimme war total heiser. »Ich habe sie gesehen. Mitsue, weißt du, was das bedeutet? In dieser Wohnung spukt es!«

6. Kapitel

»Liebe Schwester«, sagte Kenji noch einmal. »In dieser Wohnung hier spukt es!«

»Ich habe es dir ja gesagt«, antwortete Mitsue.

»Wer ist das?«

»Ich weiß es nicht. Ich habe meine Lehrerin gefragt, was ein Geist ist, und sie hat gesagt, das ist der Geist von einem Menschen, der noch etwas auf Erden zu erledigen hat.«

Was sollte dieses Mädchen noch zu erledigen haben? dachte Kenji. *Das ergibt doch keinen Sinn.*

Aber er und seine Schwester sollten die Antwort sehr bald erfahren.

Als die beiden Kinder am nächsten Morgen nach unten fuhren, stieg im siebten Stock ein Mann zu ihnen in den Aufzug. Er war klein und untersetzt und hatte ein kantiges Gesicht und kalte Augen. Er sah die Kinder an und sagte: »Seid ihr nicht die Kinder von den Leuten, die in das Apartment 13A eingezogen sind?«

»Ja, Sir«, sagte Kenji.

»Ich wohne im siebten Stock. Ich bin Jerry Davis.«

Es war etwas an dem Mann, was den beiden Kindern überhaupt nicht gefiel.

»Da haben sie diese Wohnung also doch noch losgekriegt«, sagte der Mann.

Kenji war verwundert. »Losgekriegt?«

»Ja, vermietet, meine ich. Da drinnen ist doch vor einem halben Jahr ein Mädchen ermordet worden, und seitdem konnten sie die Wohnung einfach nicht mehr vermieten.«

Kenji und Mitsue starrten einander an.

»Und wie«, fragte Mitsue, »ist das Mädchen ermordet worden?«

»Ein Einbrecher war es«, sagte Davis. »Die Polizei glaubt, sie hat ihn beim Heimkommen überrascht und auf frischer Tat ertappt, und da erstach er sie, um sie zum Schweigen zu bringen.«

»Hat man ihn gefangen?« fragte Kenji.

»Eben nicht. Er ist entkommen.«

Also deshalb ist sie ein rastloser Geist, dachte Kenji aufgeregt. *Man hat ihren Mörder nicht gefunden.*

Als sie unten in der Eingangshalle ankamen, sagte Davis: »Na, dann schönen Tag, Kinder.« Und ging davon.

Kenji und Mitsue waren über die Neuigkeit, die sie da soeben erfahren hatten, ganz aus dem Häuschen.

»Ermordet!« sagte Kenji.

»Deshalb das Blut an ihrem Kleid«, sagte Mitsue.

Da kam gerade der Hausverwalter Mr. Feeney aus seiner Wohnung. »Guten Morgen, ihr beiden«, sagte er.

Kenji sagte: »Guten Morgen, Mr. Feeney. Wer ist der Mann, der da im Aufzug mit uns herunterkam?«

»Ach, ihr meint Jerry Davis?«

»Ja.«

»Er ist Privatdetektiv.«

»Er hat uns erzählt«, sagte Mitsue, »daß in unserer Wohnung ein Mädchen ermordet wurde.«

»Ach Gott«, seufzte Feeney. »Ja, Susan Boardman. Das hätte er nicht tun sollen. Es hat doch keinen Zweck, euch Angst einzujagen. Das ist alles vorbei.«

Aber die Kinder wußten, daß eben nicht alles vorbei war. Jedenfalls nicht, solange dieses Mädchen noch in ihrer Wohnung spukte.

Mitsue sagte: »Vergangene Nacht –«

Doch da trat ihr Kenji heftig auf den Fuß und sah sie scharf an. Mitsue verstand sofort. Sie änderte ihren Satz sogleich. »Vergangene Nacht war es sehr mild, nicht? Ich meine, das Wetter.«

»Ja«, sagte Mr. Feeney. »Der Herbst ist immer sehr schön bei uns.«

Als sie draußen auf der Straße waren, sagte Mitsue: »Wieso willst du nicht, daß wir ihm das von dem Geistermädchen sagen?«

»Wir sollten es überhaupt niemandem sagen, Mitsue. Ich glaube, sie will uns etwas mitteilen. Wir müssen erst herausfinden, was das ist.«

Am Montag gingen sie wieder in die Schule, Mitsue in ihre Klasse, Kenji in die seine. Sie fanden es beide schwierig, dem Unterricht zu folgen. Sie mußten dauernd an den Geist denken. Das Geistermädchen war inzwischen schon viel mehr für sie als eben einfach nur ein Geist. Sie war eine junge Frau, die in ihrer jetzigen Wohnung gelebt hatte und dort ermordet worden war. Kenji lief ein kalter Schauer nach dem anderen über den Rücken, wenn er daran dachte.

Kenjis Klassenleiter sagte: »Kenji, du wirst in die nächste Klasse versetzt. Du hast dich sehr gut eingewöhnt, und du gehörst in die höhere Klasse.«

Normalerweise hätte sich Kenji sehr darüber gefreut. Jetzt aber hatte er andere Dinge im Kopf. »Danke, Mr. Leff«, sagte er nur.

»Dein Klassenzimmer bleibt auch weiterhin hier. Aber du hast jetzt andere Lehrer.«

Kenjis erste Stunde in der neuen Klasse war Englisch. Er bekam seinen Platz angewiesen, und sein neuer Englischlehrer sagte: »Heute nehmen wir die Antonyme durch. Weiß jemand, was ein Antonym ist?«

Kenji entschloß sich zum Raten. »Hat es mit Enten zu tun?«

Der Lehrer lächelte. »Nein, Kenji. Antonyme sind Wörter, die das Gegenteil bedeuten. Beispielsweise sind traurig und glücklich Antonyme. Groß und klein. Gut und schlecht. Jedes ist das Gegenteil vom anderen. Hast du das verstanden?«

»Ja, Sir.«

»Gut, jetzt alle. Schreibt mir, jeder, zwanzig Antonyme auf.«

Kenji und alle anderen machten sich an die Arbeit. Das erste, was er schrieb, war: Leben und Tod. Es ging ihm einfach nicht aus dem Kopf.

Der Tag verging quälend langsam. In der Pause spielte er Ball im Hof mit den anderen, aber er war nicht richtig bei der Sache. Als er am Schlagen war, verfehlte er einen Ball um den anderen, und mit seinem Werfen war schon gleich gar nichts los an diesem Tag.

»Ist was?« fragte ihn Clarence. »Du bist aber nicht gut heute.«

»Ich habe schlecht geschlafen«, sagte Kenji. Und dachte dazu: *Und ob ich heute nacht schlafen kann, bezweifle ich erst recht.*

Nach der Schule wartete er auf seine Schwester, und sie gingen zusammen nach Hause.

»Ich möchte wissen«, sagte Kenji, »wer es war.«

»Du hast doch gehört, was Mr. Davis sagte: ein Einbrecher.«

»Wie sollte denn ein Einbrecher ins Haus kommen, bis nach oben gelangen und dort in eine Wohnung eindringen, ohne daß er bemerkt würde?«

»Was meinst du damit?« fragte Mitsue.

»Ich meine, daß sie ja vielleicht von jemandem ermordet wurde, der im Haus selbst wohnt.«

Mitsue blieb überrascht stehen. »Du meinst, vielleicht jemand, der auch jetzt noch im Haus wohnt?«

»Ja, das ist doch möglich.«

Mitsue wurde blaß. »Das glaube ich nicht.«

»Könnte aber sein«, beharrte Kenji. »Wenn es jemand aus dem Haus war, mußte er sich nicht einschleichen und wieder davon oder erklären, wieso er da ist.«

Sie hatten inzwischen schon fast alle Bewohner des Hauses ein und aus gehen sehen, aber sie konnten sich nicht vorstellen, daß jemand von diesen Leuten so etwas getan haben könnte. Alle sahen völlig normal aus und niemand wie ein Mörder.

»Wer könnte es denn sein?« fragte Mitsue.

»Keine Ahnung«, gestand Kenji. Doch tatsächlich dachte er: *Dieser Jerry Davis.* »Wir fragen sie, wenn sie heute nacht erscheint.«

»Ich glaube nicht, daß sie heute nacht kommt«, sagte Mitsue. »Du weißt doch, sie erscheint immer nur am Freitag.«

»Seltsam«, sagte Kenji. »Wieso nur am Freitag?« Doch dann wußte er sofort die Antwort.

Als sie zu Hause ankamen, klopfte Kenji bei John Feeney an. »Entschuldigen Sie, Mr. Feeney«, sagte er, »ich möchte Sie etwas fragen.«

»Gewiß doch, Kenji. Kommt herein. Worum geht es denn? Möchtet ihr Milch und Doughnuts?«

»Nein danke, Sir.«

»Was wollt ihr denn fragen?«

»Diese junge Frau, die dort oben ermordet wurde. Wissen Sie noch, an was für einem Wochentag das war?«

»Gewiß doch, Kenji. Es war ein Freitag.«

Am nächsten Tag in der Schule fand Kenji seine neue Englischklasse noch interessanter.

»Heute«, sagte der Lehrer, »lernen wir die Homonyme. Weiß jemand, was ein Homonym ist?«

Kenji hielt diesmal lieber den Mund.

»Also«, sagte der Lehrer, »Homonyme sind Wörter, die gleich lauten, aber verschiedene Bedeutungen haben. Im Englischen können Homonyme auch gleich klingen, aber verschieden geschrieben werden. Nehmen wir das englische Wort *praise*. P-R-A-I-S-E. Das heißt, jemanden preisen, loben. Genau gleich aber klingt das Wort *prays*, P-R-A-Y-S, also er oder sie betet, von *pray*, beten. Oder *stare*, S-T-A-R-E, starren, lange auf etwas oder jemanden blicken, und *stair*, S-T-A-I-R, das man genau gleich ausspricht, aber es bedeutet Treppe. Jetzt wißt ihr, was Homonyme sind. Kenji, kannst du uns noch andere Beispiele nennen?«

Kenji stand auf und dachte eine Weile nach, dann sagte er: »Ja, Sir. Sonne, *sun*, S-U-N, und Sohn, *son*, S-O-N. Beide spricht man gleich aus, *Sann*. Die Sonne ist am Himmel, der Sohn ist ein männliches Kind.«

»Sehr gut, Kenji. Weißt du noch welche?«

»*Pale*, P-A-L-E, blaß, bleich, wenn man keine Farbe im Gesicht hat, und P-A-I-L, ein Eimer oder Gefäß, in dem man etwas tragen kann.«

Jetzt hoben auch die anderen Schüler nacheinander den Finger.

»B-A-N-K und B-A-N-K, die Sitzbank und das Geldinstitut.«

»S-O-L-E, die Sohle oder auch Scholle, und S-O-U-L, die Seele.«

»R-A-I-S-E, aufstehen, sich erheben, und R-A-Z-E, rasieren.«

»R-E-D, rot, und R-E-A-D, gelesen.«

»B-L-O-C-K, der Notizblock, und B-L-O-C-K, der Häuserblock.«

Das machte allen viel Spaß.

Kenji und Mitsue saßen mittags wieder gemeinsam beim Essen und sprachen wieder über die aufregenden Ereignisse in der Nacht vom Freitag.

»Es wäre doch wunderbar«, sagte Kenji, »wenn wir den Mörder von Susan Boardman finden würden.«

»Ja«, nickte Mitsue. »Dann würde sie erlöst.«

Kenji überlegte, ob er seiner Schwester etwas über Jerry Davis sagen sollte. An dem Mann war etwas, das Kenji nicht gefiel. Er hatte das ganz bestimmte Gefühl, daß dieser Jerry Davis der Mörder war.

Da fragte Mitsue auch schon: »Glaubst du wirklich immer noch, daß es jemand aus dem Haus war?«

»Möglich ist es jedenfalls«, sagte Kenji. Was er aber nicht laut sagte, sondern nur bei sich im stillen dachte, war: *Ich bin überzeugt, daß wir heute morgen im Aufzug mit ihm fuhren.*

Mitsues Lehrerin sagte: »Heute nehmen wir einiges aus der amerikanischen Geschichte durch.« Sie sah sich in der Klasse um. Sie hatte Kinder aus einem halben Dutzend Ländern. »Bestimmt wißt ihr alle etwas aus der Geschichte eurer Heimatländer. Aber jetzt, wo ihr hier lebt, solltet ihr unbedingt auch etwas über die Geschichte Amerikas wissen. Wer hat schon einmal etwas von George Washington gehört?«

Fast alle meldeten sich.

»Gut. George Washington gilt als der Vater unseres Landes. Wer kann mir sagen, warum?«

Eine der Schülerinnen hob den Finger. »Vielleicht, weil er so viele Kinder hatte?«

Die Lehrerin lachte. »Nein, nicht deshalb. Nein, George Washington war einer der Führer der Revolution gegen England. Amerika war eine englische Kolonie, und König George versuchte, Steuern von uns zu erheben. George Washington und noch einige tapfere Männer aber sagten: Nein, das können Sie nicht machen, und so begann der Revolutionskrieg. Als ihn die Vereinigten Staaten gewonnen hatten, waren sie frei von England und wurden ein eigenes mächtiges und starkes Land. So. Und wer von euch hat schon einmal von Abraham Lincoln gehört?«

Wieder gingen praktisch alle Finger in die Höhe.

»Ausgezeichnet. Abraham Lincoln war einer unserer größten Präsidenten. Damals gab es in Amerika noch Sklaverei. Viele tausend schwarze Menschen wurden in Afrika gefangen und hierher nach Amerika gebracht, wo man sie als Sklaven verkaufte. Sie mußten für wenig oder gar kein Geld hart arbeiten. Die Sklaven arbeiteten auf den Plantagen im Süden, aber die Menschen im Norden fanden das nicht richtig. Zu ihnen gehörte auch Abraham Lincoln. Er beschloß die Abschaffung der Sklaverei. Aber darüber wurden die Sklavenhalter im Süden natürlich ziemlich wütend. Als Abraham Lincoln seine Absicht verkündete, war dies der Beginn des Bürgerkriegs, in dem der Norden gegen den Süden kämpfte.«

»Und der Norden gewann«, sagte eine Schülerin.

»Richtig. Der Norden gewann den Bürgerkrieg. Es brauchte viel Zeit, bis die Schäden, die dieser Krieg verursacht hatte, beseitigt waren. Aber jedenfalls waren die Sklaven nun frei, und Amerika wurde ein wirklich freies Land. Wir hatten einige bedeutende Präsidenten, ein paar andere waren nicht so bedeutend. Aber zu den wundervollen Dingen Amerikas gehört, daß es eines der wenigen Länder der Welt ist, in denen freie Wahlen stattfinden.«

»Was ist das, freie Wahlen?« fragte Mitsue.

»Das bedeutet, die Menschen können frei entscheiden, wen sie als ihren Präsidenten wollen. Weiß jemand, wie lange die Amtszeit eines Präsidenten dauert?«

»Sieben Jahre?« riet jemand.

»Nein. Es gibt einige Länder, in denen die Präsidenten auf sieben Jahre gewählt werden. Aber bei uns in Amerika sind es vier Jahre. Es gibt Länder, die von Diktatoren beherrscht werden. Die Menschen dort können nicht mitbestimmen, was in ihrem Land geschieht. Man zwingt sie statt dessen, zu tun, was ihnen gesagt wird. Wenn bei uns ein Präsident schlimme Dinge tut, kann man ihn absetzen.« Sie sah die zweifelnden Blicke ihrer Schülerinnen. »Das heißt, man stellt sie vor Gericht und entfernt sie aus dem Amt. Hier in unserem Land bestimmt also wirklich die Bevölkerung selbst über ihre Angelegenheiten. Alle vier Jahre wählen sie die Leute, die nach ihrem Willen ihre Städte und Bundesstaaten und die Union selbst regieren sollen. Dieses ist eines der besten Regierungssysteme der Welt.«

Dann klingelte es, und die Stunde war aus.

Mitsue stand auf und ging hinaus, um sich mit ihrem Bruder Kenji zu treffen. Sie wollte mit ihm weiter über den Geist reden.

In Kenjis Klasse hatten sie in der vergangenen Stunde über die Jahreszeiten gesprochen.

»Es gibt vier Jahreszeiten«, sagte der Lehrer. »Wer weiß sie?«

Er sah zu Kenji hin, aber Kenji schien nicht aufzupassen.

Er rief einen anderen Schüler auf.

»Ja, Sir«, sagte dieser, »Frühling, Sommer, Herbst und Winter.«

»Richtig.«

»Und jede Jahreszeit dauert ein Vierteljahr, also drei Monate.«

»Und weißt du auch, warum es im Winter kalt wird?«

»Weil dann die Erde weiter von der Sonne weg ist.«

»Sehr gut.« Der nächste Schüler wurde aufgerufen.

»Und woher bekommen wir die Wärme?«

»Das ist leicht«, lächelte dieser. »Von der Sonne.«

»Meinst du wirklich?« fragte der Lehrer aber nach. »Wenn du in einem Flugzeug sitzt und der Sonne entgegenfliegst, wird es da denn heißer oder kälter?«

»Kälter«, sagte der Schüler.

»Ja, aber wieso nicht heißer, wenn du doch der Sonne entgegenfliegst?«

Der Schüler wurde unsicher und stotterte schließlich: »Das ... weiß ich nicht.«

»Die Antwort lautet«, sagte der Lehrer, »daß wir die Hitze gar nicht von der Sonne bekommen. Die Sonne gibt nur Strahlenenergie ab. Diese wird erst dann Wärme oder sogar Hitze, wenn sie auf einen Gegenstand trifft, auf Materie; auf eine Wolke zum Beispiel oder einen Gehsteig oder ein Gebäude.« Er rief noch einmal Kenji auf. »Kannst du uns sagen, was Sonnenflecken sind?«

Aber er bekam keine Antwort.

»Kenji!«

Kenji schreckte aus seinen Gedanken hoch, als er seinen Namen rufen hörte. Er blickte auf. »Ja, Sir?«

»Ich habe dich etwas gefragt! Wo hast du denn deine Gedanken?«

»Nirgends, Sir.«

Er konnte dem Lehrer doch nicht gut sagen, daß er daran gedacht hatte, es bis nächsten Freitag kaum mehr erwarten zu können, bis das Geistermädchen wieder erschien und er es fragen konnte, von wem es ermordet worden war.

7. Kapitel

Mitsue ging ausgesprochen gerne in die Schule. Anfangs hatte sie zwar befürchtet, es würde schwer sein, Freundschaften zu schließen. Doch sie hatte schnell herausgefunden, daß Amerikaner sehr kontaktfreudig, aufgeschlossen und warmherzig waren. Sie wurde zu ihren Klassenkameradinnen nach Hause eingeladen, zögerte allerdings mit Gegeneinladungen. Denn obwohl ihr Geist offensichtlich lediglich freitags um Mitternacht erschien, hielt sie es dennoch nicht für unmöglich, daß dies auch einmal mitten in einer ihrer Partys geschehen könnte. Wer wußte denn, was im Geist eines Geistes so vor sich ging? Mitsue fand, sie dürfe es nicht darauf ankommen lassen.

Auch Kenji war gern in der Schule. Weil er so intelligent war, kam er rasch voran. Eines Morgens nahmen sie in der Englischstunde Synonyme durch.

»Weiß einer«, fragte der Lehrer wieder, »was ein Synonym ist?«

Ein Schüler rief: »Ist es vielleicht etwas Verbotenes, das man tut?«

Der Lehrer lachte. »Nein. Mit Sünde hat es nichts zu tun. Synonyme sind verschiedene Wörter für ein und dasselbe.« Er wandte sich an Kenji. »Vielleicht kannst du uns Beispiele nennen, Kenji?«

Kenji stand auf. »Verschiedene Wörter für dasselbe?«

»Ja.«

Kenji dachte kurz nach. »Reich und wohlhabend.«

»Gut. Noch eines.«

»Krank, nicht gesund, leidend.«

»Sehr gut. Weißt du noch welche?«

Kenji nickte. »Häßlich, unattraktiv.«

»Sehr gut. Und jetzt wißt ihr alle, was Synonyme sind.«

Der Grund, warum Kenji und Mitsue in der Schule so gut waren, lag darin, daß die Schulen in Japan sehr viel anspruchsvoller waren. Was ihre Klassenkameraden hier erst jetzt lernten, hatten sie schon lange gelernt. Und deshalb war die Schule hier für sie so leicht.

Auch ihr Vater Takesh Yamada kam in seiner Fabrik sehr gut voran. Er setzte einige ausgezeichnete Ideen zur Neuordnung des Werks in die Tat um, und diese begannen bereits ihre Früchte zu tragen. Die Gewinne stiegen stetig an.

»Es ist alles eine Frage der Effizienz«, belehrte er seine Untergebenen. »Das Entscheidende ist, daß man alle überflüssigen und unnötigen Kosten einspart, ohne daß dabei aber die Qualität der Erzeugnisse leidet.«

Jeder war von Mr. Yamada beeindruckt.

Einer seiner leitenden Mitarbeiter fragte ihn: »Gefällt es Ihren Kindern hier?«

»Ja, sehr.« Doch noch während er es sagte, fragte Takesh Yamada sich, ob das wirklich stimmte. Sie waren zwar sehr gut in der Schule und mochten offensichtlich auch ihre Lehrer und ihre Wohnung. Aber da war dennoch irgend etwas in ihrem Verhalten in letzter Zeit, das er aber nicht weiter benennen oder greifen konnte. Beispielsweise stellten sich die beiden in eine Ecke und flüsterten miteinander, und wenn er sie danach fragte, gaben sie nur sehr vage und erkennbar ausweichende Antworten. Er wurde das Gefühl nicht los, daß sie etwas vor ihm verbargen. Er fragte also seine Frau Keiko danach.

»Das habe ich ebenfalls schon bemerkt«, sagte sie. »Die Kinder kommen mir nervös vor. Ich habe herauszufinden versucht, was es sein könnte, aber sie wichen mir aus.« Sie fuhr achselzuckend fort: »Aber in der Schule kommen sie ausgezeichnet voran, also kann es wohl kein sehr gravierendes Problem sein. Wahrscheinlich ist es einfach nur eine bestimmte Kindheitsphase, die sie gerade durchmachen.«

Damit endete das Gespräch der Eltern dann auch schon.

Eines der schwierigsten Dinge, mit denen die beiden Kinder fertig werden mußten, war die Tatsache, daß sie in eine Gemeinschaftsschule gingen. In Tokio war Mitsue in einer reinen Mädchenschule gewesen und Kenji in einer reinen Knabenschule. Jetzt sahen sie sich plötzlich in gemeinsamen Klassen beider Geschlechter. Kenji war in Anwesenheit von Mädchen sehr nervös. Er war ein attraktiver Junge, und die Mädchen der Klasse starrten ihn ständig an, was ihn enorm verlegen und unruhig machte. Das einzige Mädchen, in dessen Anwesenheit er keine Verlegenheit und Nervosität empfand, war seine Schwester. Mit den Jungs in der Klasse zu sprechen war leicht für ihn, aber wenn eines der Mädchen etwas zu ihm sagte, wurde er schlagartig schüchtern und verlegen. Er wußte nicht, was er zu ihnen sagen sollte. *Was redet man mit Mädchen?* dachte er. Sie interessierten sich nicht für die wirklich bedeutenden und wichtigen Dinge wie Baseball oder Football oder Wrestling. Alles, was sie im Sinn hatten, waren Puppen, Stofftiere und Kleider. Es war eine schwierige Situation für ihn.

Mitsue hatte hingegen keinerlei Probleme mit Jungs. Sie war gerne in ihrer Gesellschaft. Für sie war das eine neue Erfahrung. Ihr Bruder schrie sie manchmal an oder schimpfte mit ihr oder triezte sie, aber bei den Jungs ihrer Klasse kam das nie vor. Sie waren alle sehr nett zu ihr. Manchmal trugen sie ihr sogar die Schulbücher, und wenn sie im Unterricht Probleme hatte, halfen sie ihr. *Ja,* fand Mitsue, *Jungs sind sehr nett.*

Eines Abends sagte Kenji unvermittelt zu seinem Vater: »Könnte ich Sie vielleicht unter vier Augen sprechen, Herr Vater?« (Denn in Japan sagen die Kinder Sie zu ihren Vätern, wenn es um förmliche Dinge geht.)

»Gewiß, mein Junge«, sagte der Vater. »Komm mit ins Wohnzimmer.«

Mitsue und Mutter Keiko blieben beim Geschirrspülen in der Küche.

»Nun, Kenji, worum handelt es sich?«

»Um die Mädchen«, sagte Kenji.

Mr. Yamada musterte seinen Sohn und dachte: *Er fängt an, ein Mann zu werden.* »Ja?« fragte er.

»Nun, es ist schwer zu erklären. Da gibt es ein Mädchen in meiner Klasse, das mir dauernd nachläuft. Ich gefalle ihr offenbar sehr.«

»Tja, dagegen ist wohl wenig einzuwenden.«

»Aber es macht mich so nervös«, sagte Kenji. »Ich mag Mädchen nicht.« Dann fügte er hastig hinzu: »Außer Mitsue, natürlich.«

Mr. Yamada verkniff sich ein Lächeln. »Aha«, sagte er. »Wie alt wirst du jetzt, fünfzehn, nicht wahr?«

»Ja.«

»Ich war in deinem Alter auch nicht an Mädchen interessiert. Aber ein paar Jahre später hat sich das geändert. Da lernte ich dann deine Mutter kennen, und wir heirateten.«

»Ich will niemals heiraten«, sagte Kenji.

»Mein Sohn«, sprach Mr. Yamada ernst, »über dieses Thema sprechen wir besser in ein paar Jahren noch einmal.«

Kenji nickte. »Gut, einverstanden. Aber was soll ich inzwischen mit diesem Mädchen machen, das mir jetzt nachläuft?«

»Laß dich nicht einfangen.«

An einem Dienstagnachmittag erschien zu Keikos Verwunderung Mrs. Kellogg bei ihr.

»Ich hoffe, ich störe Sie nicht, Mrs. Yamada. Aber ich hätte gerne mit Ihnen gesprochen.«

»Selbstverständlich«, sagte Keiko, aber sie war alarmiert. Wieso kam eine Lehrerin zu ihr nach Hause? War etwas mit Mitsue geschehen?

»Ist etwas passiert?« fragte sie.

»Nein, nein«, sagte die Lehrerin lächelnd, »kein Grund zur Beunruhigung. Es ist eher etwas Persönliches.«

»Darf ich Ihnen Tee anbieten?«

»Vielen Dank, sehr freundlich.«

Sie setzten sich in die Küche, während Keiko Tee zubereitete und Gebäck auf den Tisch stellte. Sie wartete höflich, bis Mrs. Kellogg zu sprechen begann.

»Es ist ein wenig peinlich«, begann diese, »und es geht mich wohl auch nicht direkt etwas an, aber ich mag Mitsue sehr gern und dachte mir deshalb, ich sollte Ihnen diese Sache mitteilen.«

Keiko wurde nun doch unruhig. »Ja?« fragte sie drängend. »Worum handelt es sich denn?«

»Ja, also, Mitsue ist bei ihren Klassenkameradinnen sehr beliebt, und sie haben sie auch schon zu sich nach Hause eingeladen.«

»Ja, ich weiß. Und Mitsue hat mir erzählt, wie sehr sie sich darüber gefreut hat.«

»Genau das ist der springende Punkt, Mrs. Yamada. Wissen Sie, die Mädchen sind zu mir gekommen und haben mich gefragt, warum sie nie eine Gegeneinladung von Mitsue bekommen.«

»Ich verstehe.«

»Es kommt ihnen seltsam vor, wissen Sie. Hier in Amerika ist das üblich.«

»Ja, natürlich«, sagte Mrs. Yamada, »ich verstehe vollkommen.«

»Ich möchte mich wirklich nicht in Ihre persönlichen Angelegenheiten mischen, aber gibt es irgendeinen Grund, warum Mitsue ihre Schulkameradinnen nicht hierher zu Ihnen einladen kann?«

»Aber nicht den mindesten«, sagte Keiko. »Sie sind selbstverständlich herzlich willkommen.«

Mrs. Kellogg lächelte erleichtert. »Das freut mich zu

hören.« Dann zögerte sie einen Moment, ehe sie sagte: »Dürfte ich einen Vorschlag machen?«

»Gewiß doch.«

»Haben Sie schon einmal von einer Pyjama-Party gehört?«

»Nein«, sagte Keiko kopfschüttelnd.

»Das ist ein amerikanischer Brauch hier bei uns. Kinder in Mitsues Alter treffen sich im Haus eines der Mädchen, bringen ihre Pyjamas mit, ziehen sie nach dem Abendessen an und verbringen auch die Nacht in dem Haus mit Plappern und Kichern und allem, was kleine Mädchen in diesem Alter so tun, und sie amüsieren sich köstlich.«

»Aber wo schlafen sie denn alle?« fragte Keiko.

»Das ist eben der lustige Teil der Sache. Sie schlafen irgendwo, überall. Auf Decken am Fußboden oder auf einer Couch, es spielt keine Rolle. Der Spaß ist einfach, daß sie alle gemeinsam über Nacht bleiben.«

Keiko dachte kurz nach. »Sie schlagen also vor, daß Mitsue hier bei uns eine solche Pyjama-Party veranstaltet, wenn ich Sie recht verstehe?«

»Genau das«, sagte Mrs. Kellogg. »Alle würden es herrlich finden. Am besten ist dafür natürlich ein Tag, wenn am nächsten keine Schule ist.«

»Dann machen wir das auch so«, sagte Keiko und lächelte. »Nächsten Freitag also eine Pyjama-Party bei uns.«

Mrs. Kellogg stand auf. »Sie ahnen gar nicht, wie sehr die Kinder das freuen wird, Mrs. Yamada.«

»Ich rede mit Mitsue, sobald sie heimkommt. Vielen Dank für Ihr Kommen.«

»Es hat mich sehr gefreut.«

Keiko brachte Mrs. Kellogg zur Tür.

Als Mitsue aus der Schule heimkam, sagte ihre Mutter: »Ich habe eine Überraschung für dich. Du veranstaltest bei uns eine Pyjama-Party.«

»Eine was?«

»Ja. Mrs. Kellogg war da. Sie sagte, es wäre eine gute Idee, wenn du deine Klassenkameraden über Nacht hier zu uns einladen würdest.«

Mitsue stand da und wußte nicht, was sie sagen sollte. »Wo sollen die denn alle schlafen, Mutter?« fragte sie dann.

»Ach, das kriegen wir schon hin. Ich habe mit Mrs. Kellogg die Pyjama-Party für kommenden Freitag ausgemacht.«

Mitsue stand wie erstarrt. »WAS? Am Freitag? Das geht nicht!«

»Warum denn nicht?«

»Weil … weil … es ist einfach keine gute Idee. Ich muß mit Kenji darüber reden.«

Die Mutter wunderte sich sehr. »Wieso mit Kenji? Was hat er mit einer Pyjama-Party von dir zu tun?«

Aber Mitsue wagte es nicht, sich zu erklären. Wie konnte sie denn? Ihre Eltern würden sie doch für verrückt halten. »Wir –«, stammelte sie lahm, »– wir wollten am Freitag ... ins Kino gehen.«

Doch Keiko hatte sich ja längst festgelegt. »Ach was, ihr könnt doch irgendwann ins Kino gehen, es muß doch nicht ausgerechnet diesen Freitag sein. Diesen Freitag ist Pyjama-Party. Und du lädst deine Schulkameradinnen morgen dazu ein.«

Keine Chance, sich zu weigern. »Ja, Mutter«, sagte Mitsue und fühlte sich ganz elend.

Kaum war Kenji nach Hause gekommen, zog ihn Mitsue beiseite und berichtete ihm die Neuigkeit. Auch er war entsetzt. »Ausgeschlossen! Du kannst einfach keine Pyjama-Party am Freitag haben. Was ist, wenn das Geistermädchen kommt?«

»Ja eben. Aber ich konnte Mutter nicht umstimmen.«

»Das ist schlecht«, sagte Kenji. Doch dann hellte sich sein Gesicht plötzlich auf. »Vielleicht ist ja Vater gegen diese Idee von einer Pyjama-Party. Wenn er nein sagt, können wir die ganze Sache abblasen und sind gerettet.«

Beim Abendessen aber erzählte ihre Mutter dem Vater von dem Besuch der Lehrerin und der beschlossenen Pyjama-Party. Kenji und Mitsue warteten gespannt darauf, daß ihr Vater sich entschieden dagegen erklärte, eine ganze Nacht ein halbes Dutzend Kinder in der Wohnung zu beherbergen. Doch statt dessen sagte er: »Das hört sich hübsch an.« Und zu Mitsue sagte er: »Ich bin sehr gespannt darauf, deine Klassenkameradinnen kennenzulernen.«

Mitsue und Kenji sahen sich stumm an. Kein Ausweg mehr, kein Entrinnen.

»Gut, Vater«, sagte Mitsue, »sicher freuen sich auch meine Schulfreundinnen darauf, dich kennenzulernen.«

Aber wie würden sie auf die Begegnung mit einem Geist reagieren?

Irgendwie schien es Kenji und Mitsue auffällig, daß sie Jerry Davis jetzt praktisch jeden Tag im Aufzug begegneten. Ständig kam oder ging auch er gerade, wenn sie kamen oder gingen.

»Wahrscheinlich raubt er systematisch alle Wohnungen im Haus aus«, vermutete Kenji, »und bringt die Leute um.«

»Ja, aber bestimmt wissen wir es nicht, ob er ein Mörder ist.«

»Das habe ich im Gefühl«, versicherte ihr Kenji. »Er ist es, kannst mir glauben. Man braucht ihn sich doch nur anzuschauen.«

Mitsue hatte sechs Schulfreundinnen zu der Pyjama-Party eingeladen. Alle hatten die Einladung begeistert angenommen. Sie hatten schon Angst gehabt, daß Mitsue sie nicht mochte. Aber mit dieser Einladung wurde das alles hinfällig.

»Wann sollen wir kommen, Mitsue?«

Mitsue hätte am liebsten gesagt: *Kommt um ein Uhr nachts, wenn der Geist wieder weg ist.* Aber statt dessen sagte sie: »Kommt so um sieben. Meine Mutter macht etwas ganz Spezielles zum Essen.«

»Japanisches Essen?«

»Ja.«

»Na, ich weiß nicht so recht. Das ist alles mit rohem Fisch und so, nicht?«

»Aber natürlich nicht«, lachte Mitsue. »Du meinst Sushi. Es gibt ja nicht nur Sushi bei uns, sondern noch viele andere köstliche Sachen. Teriyaki zum Beispiel und Sukiyaki und Tempura-Shrimps und Gemüse ...«

»Was ist Tempura?«

»Wirst schon sehen«, sagte Mitsue.

Alle eingeladenen Mädchen waren sehr gespannt auf die Party.

Am Freitag flüsterten Kenji und Mitsue miteinander.

»Wo schlafen sie?« fragte Kenji.

»Zwei auf Decken bei mir im Zimmer, hat Mutter gesagt, zwei im Wohnzimmer auf Decken und die anderen beiden jede auf einer Couch.«

Kenji dachte eine Weile nach. »Und wenn wir die beiden bei dir umquartieren? Das Geistermädchen ist bisher immer nur in deinem Zimmer erschienen.«

»Wohin denn?« sagte Mitsue und schüttelte ratlos den Kopf. »Sonst ist doch nirgends Platz.«

»Dann können wir nur noch hoffen«, seufzte Kenji, »daß ein paar krank werden und nicht kommen.«

Aber am Freitag abend um sieben erschienen pünktlich alle sechs eingeladenen Mädchen, und keines fehlte.

Keiko hatte sich große Mühe gegeben, ein ganz besonderes Fest für die Kinder auszurichten, und alle Lieblingsspeisen Kenjis und Mitsues gekocht. Die meisten der eingeladenen Kinder hatten im Leben noch keine japanischen Speisen kennengelernt, aber alle fanden sie wundervoll.

Nach dem Essen sagte Keiko: »Mr. Yamada und ich gehen jetzt zu Bett. Und Kenji geht auch auf sein Zimmer. Da seid ihr ganz unter euch. Mitsue zeigt euch, wo ihr alle schlaft.«

»Ja, Mutter«, sagte Mitsue. Sie hätte sich am liebsten in Luft aufgelöst. Sie hatte keine Lust, da zu sein und mitanzusehen, was passierte, wenn um Mitternacht das Geistermädchen kam. Es würde ein ziemlicher Schock für alle werden, das war ihr klar. *Das beste wäre,* dachte sie, *wenn das Geistermädchen heute nacht nicht käme.*

Der erste Teil des Abends verlief recht gut. Die Kinder machten Spiele. Alle Mädchen hatten ihre Barbie-Puppen mitgebracht, und es machte ihnen viel Spaß, ihnen die verschiedenen Kleider anzuziehen. Als sie genug davon hatten, spielten sie Karten, und danach sahen sie ein wenig fern. Alle amüsierten sich großartig. Außer Mitsue, die um so nervöser wurde, je später es war. Sie hoffte inständig, die Mädchen würden bald müde sein und früh schlafen gehen wollen. Aber statt dessen schien ihnen die Unternehmungslust überhaupt nicht auszugehen.

Schließlich hielt sie es gegen elf Uhr nicht mehr aus. Sie sagte: »Ach, bin ich müde. Morgen früh müssen wir alle wieder raus. Sollen wir nicht schlafen gehen?«

Die Mädchen stimmten zögerlich zu. Mitsue wies ihnen ihre Schlafplätze an. Sie gingen nacheinander ins Bad, zogen ihre Pyjamas an, wuschen sich und waren fertig für das Bett. Mitsue sagte allen gute Nacht.

»Gute Nacht, Mitsue«, sagten alle.

Die vier Mädchen, die im Wohnzimmer auf der Couch und am Boden schlafen sollten, legten sich zur Ruhe. Die anderen beiden fragten Mitsue: »Und wo sollen wir schlafen?«

»Hier drinnen«, sagte Mitsue und führte sie in ihr Zimmer, wo schon zwei Kissen und Decken auf dem Boden ausgebreitet waren. »Ihr schlaft hier in meinem Zimmer«, sagte sie und fügte hoffnungsvoll hinzu: »Oder vielleicht wäre euch ein anderes Zimmer lieber?«

»Nein, nein«, sagten die beiden Mädchen aber sogleich. »Das ist schon in Ordnung hier, danke.«

Mitsue seufzte. Sie sah es schon lebhaft vor sich, wie um Mitternacht das Geistermädchen kam und die beiden Gäste zu Tode erschreckte. Die rannten dann vermutlich davon und schrien wie am Spieß. Und in der Schule ging dann überall die Ansicht um, daß sie eine totale Spinnerin war, und niemand sprach mehr ein Wort mit ihr. *Mein ganzes Leben ist ruiniert,* dachte sie ganz am Boden zerstört. *Total ruiniert.* Sie legte sich in ihr Bett und löschte das Licht. In der Wohnung war es nun völlig still. Es war Viertel nach elf. *Ich bleibe wach, bis sie kommt,* dachte Mitsue. *Vielleicht kann ich sie überreden, daß sie wieder verschwindet.* Sie lag da, hellwach, aber sie wurde, als die Minuten vorübertickten, doch allmählich schläfrig.

Es war ein langer Tag gewesen, und die Aufregung und Angst vor dem, was passieren könnte, hatten sie doch ermüdet. Die Augen fielen ihr zu, und sie schlief ein.

Sie wußte nicht, wie lange sie geschlafen hatte, aber dann spürte sie, wie sich eines der Mädchen in ihrem Bett an ihre Seite drückte. *Der Boden ist ihr also zu hart,* dachte Mitsue. *Meinetwegen kann sie bei mir im Bett schlafen.* Das Mädchen lag mit dem Rücken zu ihr. »Schon gut«, flüsterte Mitsue, »kannst schon hier schlafen.«

Aber in diesem Augenblick drehte die Gestalt neben ihr im Bett sich zu ihr herum und sah ihr voll ins Gesicht. »Hilf mir«, flüsterte sie.

Es war das Geistermädchen.

8. Kapitel

»Hilf mir«, sagte das Geistermädchen noch einmal.

Mitsue lag im Bett wie zu einem Eiszapfen erstarrt. Die Kälte, die von dem an sie gedrängten Geistermädchen ausging, ging ihr durch und durch. Schließlich fand sie ihre Stimme wieder. »Ich will dir gerne helfen«, flüsterte sie. »Aber du mußt mir sagen, wie.«

»Laß mich gehen.«

Das verblüffte Mitsue nun. »Wieso gehen lassen? Wie kann ich dich gehen lassen?«

»Hilf mir, den Mann zu bestrafen, der mich tötete.«

Mitsue nickte. »Gut, das will ich gerne versuchen«, sagte sie laut. »Wer ist es denn?« In ihrer Aufregung hatte sie ganz vergessen zu flüstern.

Eines der Mädchen auf dem Boden war erwacht und setzte sich auf. »Mit wem redest du denn da, Mitsue?«

Und da war das Geistermädchen verschwunden.

Mitsue konnte natürlich danach nicht mehr einschlafen. *Was soll ich machen?* dachte sie. *Sie will, daß ich ihren Mörder fange. Ich muß mit Kenji darüber reden.*

Am Morgen war es mit allen Mädchen, die noch da

waren, unmöglich, Kenji zu berichten, was sich ereignet hatte.

Erst als die Mädchen alle fort waren, fand sie endlich Gelegenheit zu einem Gespräch mit ihrem Bruder.

»Ist sie gekommen?« fragte Kenji auch sofort wißbegierig. »Hast du sie wieder gesehen?«

»Nicht nur gesehen«, sagte Mitsue. »Sie war bei mir im Bett.« Ein Schauder überlief sie noch nachträglich. »Es war ein ganz seltsames Gefühl.«

»Und, was hat sie gesagt?«

»Wir sollen sie befreien, erlösen. Daß wir sie gehen lassen sollen.«

Kenji war nun genauso verwundert, wie sie es gewesen war. »Und wie sollen wir das machen?«

»Wir sollen den Mann finden, der sie umgebracht hat. Weißt du noch, was meine Lehrerin sagte? Daß ein Geist ein Geist von jemandem ist, der noch etwas zu erledigen hat auf Erden. Und das ist, was sie noch zu erledigen hat, verstehst du? Dafür zu sorgen, daß ihr Mörder bestraft wird.«

»Du meinst, es bedeutet, sie kann nicht erlöst werden, bevor wir den Mann gefangen haben, der sie ermordet hat?«

»Ja, genau.«

Er dachte darüber nach. »Dann werden wir ihn natürlich fangen, nicht?«

»Ja, aber wie denn?« fragte Mitsue. »Wir wissen doch nicht einmal, wer er ist.«

»Ich bin ziemlich sicher, Jerry Davis«, sagte Kenji. »Mach dir mal keine Sorgen. Wir werden schon einen Weg finden, wie wir ihn überführen.«

»Du bist toll!« sagte Mitsue. Sie liebte ihren großen Bruder sehr.

»Ach, nicht der Rede wert«, sagte Kenji obenhin. Doch in Wirklichkeit schlug ihm das Herz bis zum Hals vor Angst.

Kenji beschloß, sich dem Hausverwalter Mr. Feeney anzuvertrauen. Er klopfte bei ihm. Als John Feeney öffnete, sagte er: »Entschuldigen Sie, Mr. Feeney. Haben Sie gerade zu tun?«

»Nein, nein, Junge«, sagte Mr. Feeney. »Komm nur herein. Ich habe gern ein wenig Gesellschaft.«

»Vielen Dank, Sir.«

»Hättest du gern ein kleines Sandwich oder sonst etwas?«

»Nein, danke. Ich möchte Sie einiges fragen.«

»Aber selbstverständlich, nur zu. Ich wette, es geht um Susan Boardman, nicht?«

Kenji sah ihn verdutzt an. »Wieso wissen Sie das?«

»Ach, weißt du, in deinem Alter sind alle Jungs brennend an Mordfällen interessiert.« Er schüttelte den Kopf. »Das arme Ding. Sie war so sanft und zart.«

»Wie ist sie ... wie ist sie umgekommen?«

»Sie wurde erstochen. Und eine Schatulle mit wertvollem Schmuck fehlte dann. Wahrscheinlich hat sie den Einbrecher auf frischer Tat ertappt.«

»Hat man ihn je geschnappt?«

Mr. Feeney schüttelte den Kopf. »Nein.«

»Mr. Feeney, seit wann wohnt Jerry Davis hier im Haus?«

John Feeney sah überrascht hoch. »Nanu? Jerry Davis ... da muß ich nachdenken. Er ist eingezogen ... ungefähr eine Woche, bevor Susan Boardman ermordet wurde.«

Kenjis Puls begann zu rasen. »Sie sagten, er ist Privatdetektiv.«

»Ja.«

»Privatdetektive sind doch dauernd in Verbrechen verwickelt, nicht?«

»Nein, nicht so. Privatdetektive ermitteln Verbrechen und klären sie auf. Sie begehen keine.«

Manche schon, dachte Kenji aufgeregt. Er hatte bereits Kriminalromane gelesen. Detektive und Kriminalbeamte mußten denken wie Verbrecher. Das hieß, daß sie auch imstande waren, wie Verbrecher zu handeln.

»Wieso erkundigst du dich so angelegentlich nach Jerry Davis?« fragte Mr. Feeney.

»Ach«, sagte Kenji achselzuckend, »nur so. Irgendwie macht er so einen geheimnisvollen Eindruck.«

John Feeney lachte. »Ja, irgendwie stimmt das wahrscheinlich. Er kommt und geht zu allen möglichen und unmöglichen Zeiten, bei Tag und Nacht. Ja doch, das könnte man wahrscheinlich sagen, geheimnisvoll.«

»Da will ich Ihre Zeit nicht länger in Anspruch nehmen«, sagte Kenji höflich und förmlich. »Bestimmt haben Sie zu tun. Auf Wiedersehen, Mr. Feeney.«

»Wiedersehen, Kenji.«

Kenji hatte noch einmal ein Gespräch mit John Feeney, und wieder sprachen sie dabei über Jerry Davis.

»Ich halte ihn für den Mörder von Susan Boardman«, sagte Kenji.

John Feeney sah ihn erschrocken an. »Aber Junge, wie kommst du denn darauf? Das ist eine schwere Beschuldigung. Das müßtest du beweisen können.«

»Sie sagten doch, der verschwundene Schmuck wurde nie wieder gefunden.«

»Ja, das stimmt.«

»Dann könnte er doch noch immer bei Jerry Davis in der Wohnung sein? Wenn wir ihn dort finden würden, wäre das der Beweis, daß er der Mörder ist.«

In diesem Augenblick klingelte das Telefon des Hausverwalters. Mr. Feeney meldete sich. »Hallo? Oh, guten Tag, Mrs. Walton ... Ja, ich verstehe ... Ja, ich komme gleich mal hinauf.« Er legte auf und sagte: »Ich muß nach oben und etwas an der Wasserleitung richten. Du kannst ruhig noch hier sitzen bleiben und deine Milch austrinken. Mach nur die Tür gut zu, wenn du gehst.«

»Danke«, sagte Kenji.

Mr. Feeney stand auf, griff sich seinen Werkzeugkasten und ging zur Tür hinaus. Kenji bemerkte an der Wand gegenüber einen Schlüsselring mit den Nachschlüsseln für alle Wohnungen des Hauses. An jedem hing ein Schild mit dem Namen der Bewohner. Er saß eine Weile gedankenverloren da und wandte den Blick nicht davon. Dann ging er hin. Auf einem der Namensschildchen stand auch »Jerry Davis«.

Ihr müßt mich befreien und erlösen.

Das Herz schlug ihm bis zum Halse. »Also gut«, sagte er dann laut, »ich fange deinen Mörder.«

Er nahm sich den Schlüssel von dem Ring. Der Schlüssel trug die Nummer 710. Er fuhr mit dem Aufzug nach oben, stieg im siebten Stock aus und sah sich um. Es war niemand zu sehen. Er ging los. 707. 709. 710. Da stand er vor der Tür. Das Pochen seines Herzschlags dröhnte ihm in den Ohren. *Was ich hier mache,* sagte er zu sich selbst, *ist ein glatter Einbruch in eine fremde Wohnung.* Alles kam ihm völlig unwirklich vor. Noch war ja Zeit, es seinzulassen und wieder wegzugehen, bevor es ihn in alle möglichen Schwierigkeiten brachte. *Aber ich kann es nicht lassen,* dachte er. *Ich muß es für Susan Boardman tun.*

Er klopfte an und wartete. Nichts rührte sich. Er klopfte noch einmal und rief: »Mr. Davis!«

Nichts.

Da steckte er den Schlüssel ein und schloß auf. Als die Tür offen war, blieb er noch auf der Schwelle stehen und lauschte, dann erst trat er ein.

»Mr. Davis?«

Aber es war niemand da.

Er machte die Tür hinter sich zu und sah sich um. Die Wohnung hatte ein großes Wohnzimmer, das sehr stilvoll eingerichtet war.

»Wo hat er das ganze Geld für so eine schöne Einrichtung her?« sagte er laut. Seine Stimme hallte durch die Wohnung. »Ich weiß schon, wo Sie es herhaben, Mister! Aus Diebstählen.«

Er ging auf das Schlafzimmer zu.

Dabei sagte er zu sich selbst: *Es ist immer noch nicht zu spät, es seinzulassen. Ich könnte einfach wieder gehen und die ganze Geschichte vergessen.* Doch in seinem Herzen wußte er zugleich, daß er das nicht wirklich tun konnte. Er hatte Hilfe versprochen und war fest entschlossen, dieses Versprechen auch zu halten.

Er ging in das Schlafzimmer. Darin standen ein großes Bett, zwei Schreibtische, ein Tisch und eine Nachttischlampe.

Irgendwo muß der Schmuck sein, dachte er. Er ging zum ersten der beiden Schreibtische und begann in den

Schubladen nachzusehen. In der ersten befanden sich Hemden und Unterwäsche, aber oben auf dem Stoß lag eine schwere Pistole.

O Gott, dachte Kenji. *Die hat er wohl schon dazu verwendet, Leute zu ermorden.* Er machte die Schublade hastig wieder zu und untersuchte die anderen, aber in denen befand sich nichts außer Kleidungsstücken. Dann glaubte er ein Geräusch zu hören und verharrte still.

Nichts.

Die Stille machte ihn ganz nervös. Er erwartete jeden Augenblick, daß Jerry Davis hereinkam und ihn überraschte. Ein Schauder überlief ihn. Er beeilte sich, die Schubladen des zweiten Schreibtischs durchzusehen. Doch auch dort fand er nichts als Kleidungsstücke.

Er ging zur Mitte des Zimmers, sah in alle Richtungen und versuchte, sich in Jerry Davis hineinzuversetzen. *Wo hätte er den Schmuck wohl versteckt?*

Wie von seinen eigenen Gedanken gelenkt, zog es ihn fast von selbst zu dem eingebauten Wandschrank. Er machte ihn auf. Ein halbes Dutzend Anzüge hing auf der Stange.

Aber als er die Tür schon wieder zumachen wollte, stach ihm beim Hochblicken etwas ins Auge. Eine Schmuckschatulle, ganz oben auf dem Regalbrett, fast versteckt. *Das ist sie!* dachte er, mit einem Schlag total aufgeregt.

Mit zitternden Händen griff er hinauf und holte die Schatulle herunter. Beim Öffnen fiel sie ihm vor Aufregung fast aus der Hand.

War da nicht wieder ein Geräusch? Seine Kopfhaut begann zu kribbeln. War etwa doch noch jemand außer ihm in der Wohnung? Er blieb stocksteif still stehen und wartete. Aber wieder war nichts zu vernehmen.

Er hob den Deckel der Schmuckschatulle hoch – und vergaß zu atmen.

Ein wahrer Berg von Schmuck lag darin. Armbänder, Diamantringe, Ohrringe, Ketten.

Er hatte tatsächlich den Mörder von Susan Boardman gefunden! Sein Vater sollte diesen ganzen gestohlenen Schmuck der Polizei übergeben! Es war genau der Beweis, den sie brauchten! Und Jerry Davis würde ins Gefängnis wandern!

Er ging aus dem Schlafzimmer und war auf dem Weg zum Wohnzimmer, als er hörte, wie die Wohnungstür aufgeschlossen wurde.

Jerry Davis kam herein. Um sich zu verstecken, war es zu spät.

Jerry Davis starrte ihn überrascht an, wie er mit der Schmuckschatulle in den Händen vor ihm stand. »Du …!« knurrte er böse, und sein Gesicht wurde dunkelrot. Er griff in die Tasche und zog ein langes, bedrohlich aussehendes Messer heraus. »Du hättest dich besser nicht in Dinge eingemischt, die dich nichts angehen! Dafür wirst du jetzt sterben!« Und er kam mit dem gezückten Messer auf Kenji zu. »Stirb!«

... und da fuhr Kenji in seinem Bett hoch, hellwach und in Schweiß gebadet, und sah sich in seinem Zimmer um und begriff, daß er das alles nur geträumt hatte. Niemand war da. Nur sein Herz klopfte ganz echt wie verrückt. *So ein Alptraum!* dachte er.

Die Tage dieser Woche krochen im Schneckentempo vorüber. Hatte eine Woche wirklich nur sieben Tage? Kenji schien es, als seien es hundert, jeder Tag zu hundert Stunden. Er konnte den Freitag nicht erwarten, so viele Fragen hatte er dem Geistermädchen nach dem Namen des Mörders zu stellen.

Ja, aber was mache ich dann hinterher? fragte er sich selbst.

Und dann hatte er plötzlich einen Einfall.

Meine Kamera! Ja! Ich fotografiere das Geistermädchen und zeige das Foto meinem Vater. Dann muß er mir glauben. Und er weiß dann auch, was zu tun ist. Wir gehen zusammen zur Polizei und erzählen dort alles.

Der Montag verging. Der Dienstag. Der Mittwoch.

Donnerstag.

Und dann war es endlich Freitag.

»Ich sage dir jetzt meinen Plan«, eröffnete er seiner Schwester Mitsue. »Wir gehen früh schlafen, und kurz vor Mitternacht komme ich heimlich in dein Zimmer. Und wenn das Geistermädchen erscheint –«

»– fragen wir sie nach dem Namen des Mörders.«

»Den wissen wir doch schon«, unterbrach Kenji sie ungeduldig. »Jerry Davis ist es. Aber nein, ich bringe meine Kamera mit, und ich fotografiere sie.«

»Wozu denn das?« fragte Mitsue.

»Damit ich die Fotos Vater zeigen kann, ist doch klar! Die sind der Beweis, den wir brauchen. Dafür, daß es den Geist wirklich gibt. Dann kann uns Vater helfen.«

»Das ist eine ganz tolle Idee«, fand auch Mitsue.

Aber an diesem Abend ereignete sich etwas Unerwartetes. Ihr Vater brachte Gäste zum Essen mit, drei seiner Mitarbeiter in der Fabrik mit ihren Frauen. Kenji und Mitsue waren entsetzt.

Kenji nahm die Schwester mit in sein Zimmer. »Was machen wir jetzt?« fragte er. »Wenn das Geistermädchen vor diesen Leuten erscheint! Dann machen sie wahrscheinlich Vater dafür verantwortlich, er verliert seine Stellung, und alles ist unsere Schuld.«

»Vielleicht schaffen wir es, daß sie früh wieder gehen?« meinte Mitsue.

Das brachte Kenji auf eine Idee. »Gar nicht schlecht, kleine Schwester. Das machen wir. Paß auf ...«

Das Essen war köstlich, und die Gäste waren voll des Lobes für Keiko.

»Sie haben Glück, Yamada-San.« (Auf japanisch heißt San soviel wie Herr, und man hängt es an den Namen an.) »Sie haben eine sehr gute Köchin zur Frau.«

»Das weiß ich«, sagte der Vater stolz. »Ich muß deshalb ja auch auf mein Gewicht aufpassen.«

Nach dem Essen begaben sie sich alle ins Wohnzimmer. Einer der Gäste sah sich in der Wohnung um und sagte: »Was Sie für ein Glück haben, auch noch so eine schöne Wohnung zu finden, und das hier in New York mitten in der Stadt!«

Unglück, dachte Kenji.

Auch um elf Uhr zeigten die Gäste noch keine Bereitschaft aufzubrechen. Die Frauen plauderten angeregt über ihre Familien, und die Männer fachsimpelten über ihre Arbeit. Kenji sah Mitsue an und nickte ihr zu. Das war das Zeichen, mit ihrem Plan zu beginnen.

Sie begannen beide mit Absicht, um die Wette zu gähnen. Und wirklich gähnten bald auch die Gäste. Kenji und Mitsue gähnten weiter, bis sie schließlich alle damit angesteckt hatten, einschließlich ihrer Eltern.

Und endlich sagte der erste Gast: »Ich bin offenbar müder, als ich vermutete. Ich glaube, es ist Zeit aufzubrechen.«

Es war halb zwölf, und es dauerte noch weitere Zeit, bis sich alle ausgiebig verabschiedet hatten. Die beiden Kinder begannen schon zu fürchten, daß die Leute auch um Mitternacht noch nicht weg sein würden. Aber um Viertel vor zwölf waren sie dann tatsächlich doch fort.

»Das war ein netter Abend«, sagte Mr. Yamada zu seiner Frau. »Du hast großen Eindruck mit deinen Kochkünsten gemacht.«

»Oh, danke«, sagte Keiko bescheiden. Es machte sie glücklich, wenn sie sah, daß ihr Ehemann stolz auf sie war.

Der Vater wandte sich an die Kinder. »Na, ihr müßt ja auch ganz schön müde sein, wie? Die ganze Zeit habt ihr gegähnt.«

»Ja, Vater«, bestätigte Kenji eifrig. »Wir gehen auch gleich schlafen.«

Er gab den Eltern einen Gutenachtkuß, ebenso Mitsue, und sie gingen in ihre Zimmer.

Mr. Yamada sah ihnen nachdenklich hinterher. »Sag mal, Keiko, findest du nicht auch, daß die Kinder sich seltsam benehmen?«

»Ach, meinst du? Kann ich nicht finden. Sie sehen mir ganz normal aus.«

Aber der Vater war sich nicht so sicher. »Irgend etwas geht vor«, murmelte er. »Ich möchte wissen, was. Na gut, gehen wir schlafen.«

Fünf Minuten vor Mitternacht schlüpfte Kenji lautlos aus seinem Bett, öffnete die Tür seines Zimmers und spähte hinaus, um sich zu vergewissern, daß die Eltern in ihrem Schlafzimmer waren. Dann schlich er sich auf Zehenspitzen durch das Wohnzimmer und in Mitsues Zimmer. Seinen Fotoapparat hatte er bei sich. Er klopfte leise an.

»Komm herein«, hörte er Mitsue flüstern. Er schlüpfte vorsichtig hinein. Mitsue sagte: »Sie muß jeden Augenblick kommen. Was willst du machen, wenn sie da ist?«

»Zuerst fragen wir sie nach dem Namen ihres Mörders, und dann fotografiere ich sie, damit ich Vater etwas vorzeigen kann. Gingen wir nur mit der Geistergeschichte zur Polizei, würde man uns dort sicher auslachen. Aber Vater kann sie dazu bringen, daß sie zuhören. Er soll dann –«

Und da hörten sie es bereits.

Es begann wieder als leises Stöhnen.

Sie blickten beide wie gebannt auf die geschlossene Zimmertür, und tatsächlich kam gleich danach durch diese einfach hindurch das Geistermädchen hereingeschwebt, wie immer in ihrem weißen, aber blutbesudelten Kleid. Kenji spürte, wie ihm die Haare zu Berge standen.

»Helft mir«, sagte die Geistergestalt wieder.

Kenji versuchte etwas zu sagen, aber sein Mund war ganz trocken. Als er endlich ein paar Worte herausbrachte, klang seine Stimme schrill und so hoch wie bei einem Mädchen. »Ich … wir werden dir helfen, ja«, sagte er.

»Ich möchte erlöst sein«, sagte das Mädchen und kam näher an das Bett heran. Kenji und Mitsue spürten, wie es kalt und feucht im Raum wurde.

Kenji hob seinen Fotoapparat und stellte ihn auf die Erscheinung ein. Er machte schnell nacheinander vier Aufnahmen. Und er dachte: *Jetzt habe ich meinen Beweis.* Dann sah er hoch: »Sage uns den Namen des Einbrechers, der dich umgebracht hat.«

»Er wohnt hier im Haus.«

Jetzt standen auch Mitsue die Haare zu Berge.

»Also hatte ich doch recht«, rief Kenji. »Es ist –«

In diesem Augenblick dröhnte die Stimme seines Vaters dazwischen. »Was ist los bei euch da drinnen? Was stellt ihr beiden an?«

Das Geistermädchen war im nächsten Augenblick verschwunden. Kenji und Mitsue sahen sich hilflos an. Die Tür flog auf, und ihr Vater kam herein.

»Was machst du denn hier, Kenji? Du sollst in deinem Bett liegen und schlafen!«

»Ja, Vater. Wir haben uns nur unterhalten.«

»Es ist nach Mitternacht. Geh sofort in dein Bett.«

»Ja, Vater.«

Der Vater ging.

Kenji seufzte. »Wir waren so nahe dran. Die nächste Sekunde hätte sie den Namen Jerry Davis gesagt.«

»Jetzt müssen wir wieder bis nächsten Freitag warten«, sagte Mitsue.

Kenji dachte kurz nach. »Nein. Wir wissen ja bereits, wer der Mörder ist. Gleich morgen lasse ich die Fotos entwickeln, und dann reden wir mit Vater darüber.«

Das versetzte Mitsue erneut in Aufregung. »Ich bin so gespannt, Kenji.«

»Wir reden morgen früh weiter«, sagte Kenji. »Jetzt schlafen wir besser.«

Er ging zurück in sein Zimmer. Doch weder er noch Mitsue konnten in dieser Nacht nur ein Auge zutun. Morgen war der große Tag.

9. Kapitel

Am nächsten Morgen sagte Mitsue zu Kenji: »Wann bringst du den Film zum Entwickeln?«

»Gleich nach dem Frühstück«, versicherte ihr Kenji. Auf seinem Film waren vierundzwanzig Bilder. Zwanzig hatte er schon früher verknipst, und die letzten vier waren die von dem Geistermädchen. »Ich lasse es im Schnelldienst machen, da haben wir dann schon heute abend den Beweis für Vater.«

Sie waren so aufgeregt, daß sie das Frühstück kaum anrührten. »Was ist denn, fühlt ihr euch nicht wohl?« fragte die Mutter.

»Nein, nein, mir geht es gut«, sagte Kenji.

»Mir auch«, sagte Mitsue.

Ihr Vater musterte sie. *Irgend etwas stimmt da nicht, ganz entschieden,* dachte er. *Noch nie haben sie sich zu Hause so seltsam benommen. Vielleicht ist die amerikanische Luft schuld daran.* Er beschloß, daß er wohl ein Wort mit ihnen reden müsse. Allerdings wußte er auch nicht so recht, worüber eigentlich genau. Ach was, wahrscheinlich war es nichts weiter. Kinder in ihrem Alter hatten nun einmal ihre Launen.

Nach dem Frühstück entschuldigten sich die Kinder rasch. Kenji steckte seinen Film in die Tasche und fuhr zusammen mit Mitsue nach unten. In der Eingangshalle unten trafen sie mit Jerry Davis zusammen.

»Na, Kinder, ihr seid aber früh auf den Beinen, wie?« sagte der Privatdetektiv.

Kenji sah ihm in die gemeinen Augen. »Ja, Sir.« *Ganz bestimmt wärst du ziemlich erstaunt und gar nicht mehr so freundlich,* dachte er, *wenn du wüßtest, was ich da in der Tasche habe. Damit bringe ich dich ins Gefängnis.*

»Na, dann seid mal schön vorsichtig«, sagte Jerry Davis gönnerhaft. »New York kann ganz schön gefährlich sein.«

Sollte das etwa eine Warnung an sie sein? Kenji überlief es eiskalt. Er dachte an seinen Traum und wie real er ihn erlebt hatte, als eben dieser Mann da mit einem Messer auf ihn zugekommen war: »Du hättest dich lieber um deine eigenen Angelegenheiten kümmern sollen …!«

Ja, vielleicht hätte ich das wirklich tun sollen, dachte Kenji. *Aber jetzt ist es zu spät. Wir helfen Susan Boardman.*

Jerry Davis trat in den Aufzug, und Kenji und Mitsue machten sich auf den Weg zum Fotogeschäft.

Es war ein kleiner Laden ein gutes Stück von ihrem Wohnhaus entfernt. Sie gingen auf den Verkäufer zu.

»Guten Morgen. Was kann ich für euch tun?«

»Das«, sagte Kenji und holte den Film aus der Tasche. »Wir möchten den Film entwickeln lassen.«

»Gut«, sagte der Mann, nahm den Film und gab Kenji einen Abholzettel.

»Kann ich die Bilder bis heute abend haben?«

»Das wird wohl leider nicht möglich sein. Wir haben hier keinen Sofortservice.«

Kenji zeigte sich enttäuscht. »Na gut, dann morgen.«

Der Mann schüttelte wieder den Kopf. »Morgen ist Sonntag. Vor Montag nachmittag werde ich die Bilder nicht zurückbekommen können.«

Kenji und Mitsue sahen sich an. »Na gut«, sagte Kenji. Dann konnte man eben nichts machen.

Auf dem Heimweg sagte Mitsue: »Es spielt doch keine Rolle, Kenji. Dann erzählen wir es Vater eben erst am Montag.«

Aber Kenji war zu ungeduldig, noch so lange zu warten. Wo die Falle für Jerry doch schon fast zu war und er schon alle Beweise hatte! Kein Wunder, daß er noch ungeduldiger wurde als bisher schon. Er wollte den Mörder hinter Gittern sehen. War das eine Drohung gewesen, als Jerry Davis gesagt hatte: »New York kann ganz schön gefährlich sein«? Ganz entschieden, fand er.

Am Sonntag mietete Takesh Yamada ein Auto und machte mit seiner Familie einen Ausflug hinauf nach Connecticut. Es war nur ein paar Stunden Fahrt von Manhattan aus dorthin, aber schon eine ganz andere Welt mit hübschen, kleinen Dörfern und Antiquitätenläden und stillen Landstraßen. Aber das Aufregendste überhaupt waren die Bäume. Die Blätter wechselten gerade die Farbe, und die Bäume leuchteten in einem wunderschönen Farbenmeer. Die Blätter waren rot und braun und goldfarben und schienen ganze Regenbogen über das Land zu legen. Selbst in Japan hatten die Kinder noch nichts so Eindrucksvolles gesehen.

»Connecticut, sagt man, ist das Schlafzimmer von New York«, erklärte ihnen der Vater.

»Wieso?« sagte Kenji. »Das verstehe ich nicht.«

»Weil es so schwierig ist, Wohnungen in der Stadt zu finden, wohnen viele Leute, die dort arbeiten, hier draußen und pendeln täglich hin und her. Sie fahren mit dem Auto oder mit dem Zug.«

»Ach so, ja«, sagte Kenji.

Sie aßen in einem kleinen Landgasthaus zu Mittag und kehrten früh heim.

»Was möchtet ihr jetzt noch unternehmen?« fragte der Vater.

»Können wir vielleicht in den Central Park gehen?« sagte Mitsue. »Da gibt es einen Zoo.«

»Und Ruderboote«, sagte Kenji.

»Dürfen wir in den Zoo?«

»Dürfen wir Kahn fahren?«

Der Vater lachte. »Langsam, Kinder, langsam.« Er fragte seine Frau: »Was möchtest du machen, Keiko?«

»Na, gehen wir doch in den Central Park«, sagte Keiko und lächelte dazu.

Der Central Park war ein grünes Juwel im Herzen von Manhattan. Es standen keine Häuser darin, es gab nur Bäume und Wiesen und einen kleinen See, wo man Ruderboote mieten konnte. Und einen Zoo.

»Wenn man diesen Grund und Boden hier verkaufen könnte«, sagte Takesh Yamada zu seiner Familie, »wäre er Milliarden wert. Aber er ist eine öffentliche Einrichtung zur Erholung für die Menschen.«

»Können wir jetzt in den Zoo gehen?« fragte Mitsue.

»Können wir Kahn fahren?« fragte Kenji.

Weil Sonntag war, war der Park voller Menschen, die alle frische Luft schnappten.

Sie kamen an einem Polizisten vorbei, der freundlich lächelte und sagte: »Guten Tag, ihr Leute.«

Takesh Yamada nickte zurück. »Guten Tag.« Er machte eine Geste in die Luft. »Der Central Park ist ganz anders, als ich ihn mir vorgestellt habe.«

»So?« sagte der Polizist. »Warum?«

»Es heißt doch immer, daß er so gefährlich ist. Bei

uns in Japan liest man ständig von Überfällen und Schießereien hier. Aber es ist völlig friedlich.«

Der Polizist lachte. »Es ist so friedlich, weil die Sonne scheint. Aber am Abend oder nachts würde ich Ihnen nicht raten, hier spazierenzugehen. Der Central Park kann ganz schön gefährlich sein.«

»Aha, also sind diese Geschichten wahr?«

»Leider. Aber in jeder großen Stadt gibt es schließlich Verbrechen, nicht?«

Takesh Yamada nickte. »Ja, das stimmt wohl. Bedauerlicherweise.«

Sie gingen weiter bis zum Zoo, um sich die Tiere anzusehen.

»Unser Zoo in Tokio gefällt mir besser«, sagte Kenji. »Unsere Elefanten sind größer.«

»Ja, aber trotzdem«, sagte Mutter Keiko, »ist es ein schöner Zoo.«

Nach dem Zoo gingen sie hinüber zum See. Auf diesem fuhren ein Dutzend Ruderboote mit Liebespärchen darin, die lachten und plapperten.

»Fahren wir auch, Vater?« drängte Kenji.

Takesh Yamada zögerte. »Ich weiß nicht«, sagte er, »die Boote sehen ziemlich klein aus.«

»Ja, aber schau, da sind welche, in denen auch vier Leute sitzen.«

»Schon, aber ...«

»Ach, bitte, Vater«, bat Kenji. »Ich rudere auch selbst.«

»Na, meinetwegen.«

Sie gingen zu dem kleinen Holzhäuschen, in dem der Mann saß, der die Boote vermietete.

»Können wir ein Boot haben?« sagte Takesh Yamada.

»Gewiß. Wie lange wollen Sie denn fahren?«

Mr. Yamada wandte sich an seinen Sohn. »Also du willst allein rudern?«

»Ja, Vater.«

»Gut«, sagte Yamada zu dem Mann, »eine Viertelstunde ungefähr.«

»Vater!«

»Ich habe doch nur Spaß gemacht«, beruhigte der Vater. »Also eine Stunde, meine ich.«

Der Mann half ihnen in eines der Boote, und Kenji begann, sie über den See zu rudern, ganz, wie er es versprochen hatte. Er ruderte schnell und kräftig und wich den anderen Booten in der Nähe aus.

»Das macht Spaß!« sagte er.

Die Eltern mußten zugeben, daß es in der Tat Spaß machte. Es war ein schöner, warmer Tag, und die Sonne glitzerte auf dem Wasser.

»Das ist sehr erholsam«, sagte der Vater. Für ihn war es tatsächlich erholsam. Aber Kenji wurde müde. Ein Boot mit vier Leuten war nicht so ganz leicht zu rudern. Er wurde immer langsamer.

»Soll ich mal rudern?« fragte Mitsue.

»Selbstverständlich nicht!« erklärte Kenji. Er wollte sich auf keinen Fall anmerken lassen, wie schwer ihm die Arme schon waren. »Das schaffe ich locker den ganzen Tag.«

»Na ja«, zog ihn sein Vater auf, »dann können wir gerne hier draußen bleiben, bis es dunkel wird.«

Kenji konnte nur hoffen, daß das nicht ernst gemeint war. Er ruderte immer schleppender. Sein Vater bekam Mitleid mit ihm.

»Vielleicht sollten wir doch lieber wieder zum Ufer«, sagte er.

Das hörte Kenji mit Erleichterung. »Wenn du unbedingt meinst, Vater.« Er ruderte zurück, und sie stiegen alle aus.

»Hat es Ihnen gefallen?« fragte der Bootsverleiher.

»Großartig!« sagte Kenji. Aber er konnte die Arme kaum noch bewegen.

Er war so kaputt, daß er in dieser Nacht tief und absolut traumlos schlief.

Am Montagmorgen gingen die Kinder wieder zur Schule.

»Können wir jetzt die Bilder holen?« sagte Mitsue.

»Nein, doch erst nachmittags, hat er gesagt, das weißt du doch. Wir holen sie nach der Schule.«

Kenjis Englischlehrer sagte: »Heute lernen wir also

die Genuswörter. Hat irgend jemand eine Vorstellung davon, was das ist?«

Er sah sofort Kenji an. Kenji war der Intelligenteste der ganzen Klasse. Aber auch er wußte es nicht.

Der Lehrer sah sich um. Keine Hand hob sich.

»Also gut«, sagte der Lehrer. »Genus ist das Geschlecht, Sex.«

Kenji merkte, wie er rot wurde. Und er spürte, daß ihn das Mädchen, das ihm dauernd nachlief, ansah.

»Es gibt drei Geschlechter«, fuhr der Lehrer fort. »Maskulinum, Femininum und Neutrum.«

Kenji fühlte sich ganz erleichtert. Sie würden also nicht wirklich über Sexualkunde sprechen.

»Natürlich wissen wir alle«, sagte der Lehrer, »daß maskulin sich auf männlich und Männer bezieht. Männer sind männlich, maskulin. Frauen sind weiblich, feminin.«

»Ich verstehe das mit dem Neutrum nicht«, sagte Kenji.

»Neutrum«, erläuterte ihm der Lehrer, »ist etwas, das kein Geschlecht hat.« Er faßte sein Katheder an. »Dieses Katheder hier ist ein Neutrum, sächlich. Stühle sind auch sächlich, ein Haus. Verstehst du es jetzt?«

»J-aa«, sagte Kenji.

»Wenn wir sagen, ein Mann geht in eines seiner Zimmer zu Hause, dann müssen wir sagen, in *sein* Zimmer. Eine Frau hingegen geht in *ihr* Zimmer. *Sein* und *ihr* müssen immer mit dem dazugehörigen Geschlecht verwendet werden.«

»Und was ist das richtige Geschlecht für sächlich?« wollte Kenji wissen.

»Für einen Gegenstand, ein Ding, eine Sache, braucht man das Wort *es*. *Es* ist ein harter Boden. *Es* ist ein gutes Buch. Hat das jetzt jeder verstanden?«

Alle nickten.

Kenji hatte große Mühe, sich an diesem Tag auf die Schule zu konzentrieren. Er dachte an die Fotos von dem Geistermädchen, die er seinem Vater zeigen wollte. Er konnte es kaum noch erwarten, daß die Schule aus war. Als es endlich soweit war, traf er sich im Korridor mit seiner Schwester, und sie eilten gemeinsam davon. Draußen aber versammelten sich bereits die Baseballmannschaften auf dem Sportplatz. Als Clarence sah, wie Kenji auf die Straße hinausrannte, rief er ihm nach:

»He, Kenji! Wir fangen gleich an!«

»Keine Zeit!« rief Kenji zurück. »Tut mir leid, ich muß etwas Wichtiges erledigen!«

Clarence war enttäuscht. »Na gut, dann morgen wieder.«

»Ja, morgen.«

Sie liefen hastig zu dem Fotogeschäft. Derselbe Mann war wieder da und begrüßte sie lächelnd, als sie ganz außer Atem hereinkamen.

»Das habt ihr aber genau abgepaßt!« sagte er. »Gerade eben erst sind eure Bilder gekommen.« Er reichte Kenji die Tüte.

Kenji riß den Umschlag aufgeregt auf. Sie sahen die Fotos eines nach dem anderen langsam durch. Das erste war von der Freiheitsstatue, von außen, das nächste von innen im Kopf der Statue zu einem der Aussichtsfenster hinaus. Dann kamen Fotos von ihrer Fahrt auf der Fähre und von den Geschäften auf der Fifth Avenue und vom Rockefeller Center. Zwanzig Fotos von ihrem Ausflug, und eines war schöner als das andere.

Dann aber kam Kenji zum einundzwanzigsten, dem ersten vom Geistermädchen.

Aber es war nichts darauf.

Hastig ging er zum nächsten Foto. Nichts.

Die letzten beiden. Auch nichts. Nur weiß. Nicht ein Foto mit dem Geistermädchen.

Sie sahen sich ratlos an.

»Da muß etwas mit dem Fotoapparat nicht gestimmt haben«, sagte Mitsue.

»Nein«, erklärte Kenji kopfschüttelnd, »dem Fotoapparat fehlt gar nichts.«

»Du meinst …?«

»Genau. Geister kann man nicht fotografieren.«

Auf dem Heimweg waren sie beide sehr niedergeschlagen.

»Was machen wir jetzt?« fragte Mitsue.

»Ich weiß nicht. Ohne Fotos hat es keinen Sinn, mit Vater zu reden. Er würde nur schimpfen.«

»Und wenn wir zur Polizei gehen?«

Auch dazu schüttelte Kenji den Kopf. »Wir allein? Die würden uns doch nur auslachen.« Doch dann kam ihm ein Gedanke, der sein Gesicht aufhellte. »Ich weiß, was wir tun können.«

»Was?«

»Wir reden mit Mr. Feeney. Der kann uns einen Rat geben.«

»O ja, das ist eine gute Idee.« Mitsue konnte den Hausverwalter gut leiden.

Und beide munterte allein der Gedanke, mit ihm darüber zu sprechen, schon wieder auf.

Als sie zu Hause waren, klopfte Kenji bei Mr. Feeney an. Der Hausverwalter machte auf.

»Hallo, Kenji, hallo, Mitsue.«

»Entschuldigen Sie, wenn wir Sie stören«, sagte Kenji.

»Aber hätten Sie vielleicht ein paar Minuten Zeit für uns?«

»Aber natürlich, kommt nur herein.« Er hatte stets ein einladendes Lächeln für sie bereit. »Na, wie wäre es mit ein paar Doughnuts und Milch?«

»Nein, vielen Dank.«

»Auch gut. Setzt euch.« Sie setzten sich. »Ihr seht aber beide sehr ernst aus heute. Hat es etwas in der Schule gegeben?«

»Nein, das nicht«, sagte Mitsue. »Wir haben hier im Haus ein Problem.«

»Ah?« sagte John Feeney und zog Stirnfalten. »Wieso das? Stimmt etwas in eurer Wohnung nicht?«

»In gewisser Weise, ja«, bestätigte Kenji. Das war wirklich schwer zu erklären. Doch dann sprudelte es einfach aus ihm heraus. »Mitsue und ich haben einen Geist gesehen.«

Mr. Feeney starrte sie an. »Einen Geist?«

»Ja«, sagte Mitsue. »In der Wohnung. Alle beide haben wir sie gesehen.«

»Eine ›Sie‹ ist es?«

»Ja.«

John Feeney nickte. »Verstehe. Das muß also Susan Boardman gewesen sein, die junge Frau, die in eurer Wohnung von Einbrechern umgebracht wurde.«

»Nein, sie sagt, sie ist nicht von Einbrechern umgebracht worden.«

John Feeney sah Kenji völlig überrascht an. »Was?«

»Ja. Sie sagt, es war jemand vom Haus.«

John Feeney stand auf. »Das kann ich nicht glauben«, sagte er fest. »Ich kenne alle unsere Mieter. Keiner kann ein Mörder sein.« Er begann erregt hin und her zu gehen. »Das ist schrecklich. Hat der Geist auch gesagt, wer es war?«

»Sie will es uns am Freitag sagen.«

»Aha.«

Kenji sagte: »Der Grund, warum wir zu Ihnen kommen, Mr. Feeney, ist, daß wir Ihren Rat brauchen. Wir wissen nicht, was wir machen sollen. Sollen wir vielleicht zur Polizei gehen?«

»Das ist eine sehr gute Idee«, sagte John Feeney. Er dachte kurz nach. »Aber zuerst braucht ihr irgendeinen Beweis, sonst glaubt euch ja niemand. Ihr sagt, sie will euch den Namen des Mörders am Freitag nennen?«

»Ja.«

»Dann sage ich euch, was ihr macht. Ihr wartet erst einmal noch bis Freitag, und wenn ihr dann den Namen wißt, gehe ich mit euch zur Polizei, und die soll sich dann darum kümmern.«

»Das ist sehr freundlich von Ihnen, Sir«, sagte Kenji. »Vielen Dank.«

Beiden war nun schon sehr viel wohler. Die Polizei konnte vielleicht sie auslachen, aber bestimmt lachte sie den Hausverwalter nicht aus. Wenn sie erst mal den Namen des Mörders wußten, konnten sie ihn auch überführen und dazu bringen, daß er ein Geständnis ablegte. Doch ja, sie fühlten sich beide sehr viel wohler.

Als die Kinder fort waren, saß John Feeney lange Zeit regungslos in seiner Wohnung und dachte darüber nach, was er soeben gehört hatte. *Es sind so nette Kinder,* dachte er. *Zu schade, daß ich sie jetzt auch umbringen muß, genau wie Susan Boardman.*

10. Kapitel

Beim Abendessen waren Kenji und Mitsue noch immer so aufgeregt, daß sie keinen Appetit hatten.

»Was ist eigentlich los mit euch beiden?« fragte die Mutter. »Ihr habt überhaupt nichts gegessen!«

»Ich habe keinen Hunger«, sagte Kenji.

»Ich auch nicht«, erklärte Mitsue.

»Habt ihr etwa wieder nach der Schule Junk Food gegessen?«

Hatten sie nicht, aber es war einfacher, ja zu sagen, als den Versuch zu machen, zu erklären, daß sie wegen des Geistes keinen Appetit hatten. »Ja«, sagte Kenji also.

»Das hört ab sofort auf. Es ist nicht gut für euch.«

»Hört auf eure Mutter«, sagte auch ihr Vater.

»Ja, Vater.«

»Geht in der Schule sonst alles gut?« fragte Takesh Yamada.

»Ja, Vater. Alles ist in Ordnung.«

»Sie sind beide gut in der Schule«, bestätigte Mutter Keiko stolz. »Ich habe mit den Lehrern gesprochen. Beide werden bald noch einmal in eine höhere Klasse versetzt.«

»Da bin ich sehr zufrieden«, sagte der Vater.

Du wirst noch viel zufriedener sein, dachte Kenji, *wenn du erst erfährst, hinter was Mitsue und ich her sind.*

Sie hatten beide eine unruhige Nacht. Mitsue schlief nicht ein, weil sie hoffte, daß Susan Boardman erscheinen werde. Aber als sie bis Mitternacht nicht kam, schlief sie schließlich doch ein.

Am nächsten Morgen blieb ihr Aufzug, als sie nach unten fuhren, im siebten Stock stehen, und Jerry Davis stieg zu. Kenji erstarrte. Er erinnerte sich an seinen Traum, in dem Jerry Davis ihn zu töten versucht hatte. Er drückte sich an die Wand, so weit entfernt von Davis, wie es nur ging.

Jerry Davis sah ihn verwundert an. »Guten Morgen.«

»G--uten Morgen«, stotterte Kenji.

Jerry Davis musterte sie beide intensiv und fragte sich, was wohl los sei. Auch Mitsue wich buchstäblich vor ihm zurück. Es sah fast aus, als hätten sie Angst vor ihm. Sie benahmen sich sehr seltsam.

»Stimmt etwas nicht mit euch beiden?«

»N-ein, nein«, stotterte Kenji wieder. *Aber mit dir wird bald was nicht stimmen, wenn wir erst alles der Polizei erzählt haben. Dann wanderst du ins Gefängnis.*

Sie kamen unten an. In seiner Wohnung lugte John

Feeney aus dem Fenster, als Kenji und Mitsue das Haus verließen. *Heute abend schnappe ich sie mir,* dachte er.

Kenji sagte zu Mitsue: »Wir müssen ganz vorsichtig sein. Mr. Davis darf nicht ahnen, daß wir wissen, er ist der Mörder. Sonst versucht er bestimmt, uns auch zu ermorden.«

»Keine Angst«, sagte Mitsue. »Mr. Feeney paßt schon auf uns auf.«

In Mitsues Klasse waren an diesem Tag die Namen von Obst und Gemüse dran. Ihre Lehrerin hatte aus einem Lebensmittelladen ein Sortiment mitgebracht. Sie hielt eine Orange hoch. »Dies ist eine Orange.« Dann hielt sie eine längliche, gelbe Frucht hoch. »Und was ist das, wer weiß es?«

»Eine Banane«, rief jemand.

»Richtig.« Nun nahm die Lehrerin einen runden, roten Gegenstand. »Und das hier?«

»Ein Apfel.«

Und so ging sie fast ein Dutzend Obstsorten durch, Kirschen und Tangerinen, Nektarinen und Pflaumen. Dann wandte sie sich den Gemüsearten zu.

Sie hielt eine lange, orangefarbene Art hoch. »Wer kennt dieses Gemüse?«

»Das ist eine Karotte.«

»Und das hier?«

»Grüner Salat.«

Alle Kinder nahmen an dem Spiel teil, nur Mitsue nicht. Sie brachte keine Konzentration auf. Sie mußte immerzu an das Geistermädchen denken.

Auch Kenji hatte in seiner Klasse Mühe, aufmerksam zu sein. Auch er dachte ständig an den Geist. *Am Freitag,* dachte er. *Am Freitag sagt sie uns, daß es Jerry Davis war. Dann geht John Feeney mit uns zur Polizei, und die bringt Jerry Davis schon dazu, daß er gesteht. Dann sind wir Helden. Ein Bild von Mitsue und mir wird in der Zeitung sein, und ins Fernsehen kommen wir auch. Nur diesmal nicht in einem dummen Ratespiel. Ich werde ein Star. Die Reporter werden mich alles mögliche fragen. Ob ich denn keine Angst hatte. Und dann lächle ich und sage: aber doch kein bißchen.*

John Feeney dachte in seiner Wohnung darüber nach, was er unternehmen würde. *Ich muß sie töten,* dachte er. *Ich habe gar keine andere Wahl. Ich kann sie keinesfalls zur Polizei gehen lassen.*

Er dachte an diesen schrecklichen Tag vor einem halben Jahr, an dem er Susan Boardman ermordet hatte. *Ich wollte sie ja gar nicht umbringen,* dachte er. *Es war ein Unglück. Aber die Polizei hätte mir doch nie geglaubt, in einer Million Jahre nicht.* Er war davongekommen, und alles wäre in Ordnung gewesen. Wenn dieser Geist nicht wäre. *Dieser verdammte Geist,* dachte Feeney. Wenn sie nur Kenji und Mitsue nicht erschienen wäre. *Also am Freitag, sagen sie, will sie ihnen den Namen nennen. Das Risiko kann ich nicht eingehen. Ich muß die beiden noch heute aus dem Weg räumen. Aber es muß so sein, daß niemand mich verdächtigen kann.*

Und dann wußte er auf einmal, wie er es machen wollte.

Als Mitsue und Kenji am Nachmittag die Schule verließen und auf dem Heimweg waren, hielt Clarence Kenji an.

»Du hast uns gefehlt gestern beim Spiel. Wir haben verloren.«

»Das tut mir leid«, sagte Kenji.

»Spielst du wenigstens heute mit?«

Aber Kenji stand der Sinn wirklich nicht nach Baseball. »Nein, ich kann nicht.«

»Aha«, sagte Clarence enttäuscht. »Na gut, dann bis morgen.«

»Ja, morgen vielleicht«, sagte Kenji.

John Feeney hatte seinen Plan gemacht. Er wußte, wie er die beiden Kinder umbringen konnte, ohne daß ein Verdacht auf ihn fiel. Er wartete schon in der Eingangshalle, als sie von der Schule kamen.

»Guten Tag, Mr. Feeney.«

»Tag, Kinder«, sagte John Feeney. »Ich muß euch etwas Aufregendes unten im Keller zeigen. Kommt mal mit, es dauert nicht lange.«

»Gut«, sagte Kenji. Und sie gingen alle drei zu der Tür, die hinunter zum Untergeschoß führte. Aber in diesem Moment kam Mrs. Morgan vom vierten Stock gerade aus dem Aufzug.

»Ah, Mr. Feeney, gut, daß ich Sie gleich treffe. Ich habe einen Wasserschaden in meinem Bad. Es tropft. Können Sie das gleich mal richten?«

Feeney stand da, sah zuerst sie an und dann die Kinder und wußte nicht recht, wie er sich verhalten sollte.

»Sie müssen sich beeilen«, drängte Mrs. Morgan, »sonst überschwemmt es mir die ganze Wohnung.«

»Gut«, sagte Feeney, »ich komme schon.« Er wandte sich an die Kinder. »Ich zeige es euch dann später.«

»Schon recht, Mr. Feeney.« Und die Kinder fuhren hinauf in ihre Wohnung.

Feeney sah ihnen nach. *Morgen dann,* dachte er. *Dann eben morgen.*

Der nächste Tag war der Dienstag. John Feeney hatte den ganzen Tag schon ungeduldig auf sie gewartet. Diesmal wollte er sich nicht wieder stören lassen, sondern sie gleich nach unten bringen und tun, was er tun mußte.

Er spähte zum Fenster hinaus, um sie ja nicht zu verpassen, und war auch schon draußen in der Eingangshalle, als er sie von der Straße her kommen sah. Sie kamen herein.

Aber diesmal hatten sie zwei Schulkameraden bei sich.

»Tag, Mr. Feeney. Was war das, das Sie uns zeigen wollten?«

Mr. Feeney sah die zwei Begleiter an und sagte: »Wie ich sehe, hast du Freunde mitgebracht. Das andere kann noch bis morgen warten.« Er sah den Kindern nach, wie sie mit dem Aufzug nach oben fuhren. *Auf einen Tag hin oder her kommt es nicht an,* dachte er.

Keiko freute sich, daß ihre Kinder Schulfreunde nach Hause mitbrachten. Es vermittelte ihr das Gefühl, daß sie in Amerika akzeptiert wurden. Zu Hause hatten Kenji und Mitsue viele Freunde gehabt, mit denen zusammen sie aufgewachsen waren. Aber sie wußte auch, wie schwer es war, in einem anderen Land neue Freunde zu finden.

»Ich mache euch ein paar leckere Häppchen zu essen«, sagte sie deshalb sogleich, als die Kinder hereinkamen. Kinder hatten ja immer Appetit. »Was wollt ihr lieber, etwas Amerikanisches oder etwas aus Japan?«

»Japanisch«, sagten die Kinder. Das war etwas Neues für sie.

Als sie mit dem Essen fertig waren, sagte einer der Jungs zu Kenji: »Clarence ist sehr betrübt, daß du in letzter Zeit gar nicht mehr Baseball mitspielst.«

»Ja, ich weiß«, sagte Kenji. »Ich hatte zu tun.«

»Aber wir wollen doch, daß wir gewinnen. Wann willst du denn wieder spielen?«

»In ein paar Tagen«, versprach Kenji. »Sobald ich mit dem, was ich gerade zu tun habe, fertig bin.«

Kenjis Mutter hörte das Gespräch mit an und war sehr überrascht, weil sie doch wußte, wieviel Kenji das Baseballspielen bedeutete. *Was kann denn so wichtig sein,* wunderte sie sich, *daß er Baseball für etwas anderes sausenläßt?* Es war schon sehr eigenartig.

John Feeney beobachtete, wie Kenjis Schulfreunde das Haus wieder verließen. Sie hatten ihn davon abgehalten, seinen Plan auszuführen. *Aber nun endgültig morgen,* dachte er.

Doch auch am folgenden Tag, dem Mittwoch, kam John Feeney wieder nicht dazu. Als die Kinder nach Hause kamen, erwartete er sie schon. Doch just in demselben Augenblick kam auch Jerry Davis zur Tür herein. Er konnte den Privatdetektiv natürlich nicht beobachten lassen, wie er mit den Kindern in das Kellergeschoß hinabging.

Also wich er aus, als Kenji ihn fragte: »Zeigen Sie es uns jetzt, Mr. Feeney, was Sie uns zeigen wollen?« Er sagte nur: »Tut mir leid, Kenji, ich habe jetzt keine Zeit. Verschieben wir es noch einmal auf morgen.«

John Feeney war bereits ziemlich frustriert, und daraus wurde sogar Zorn, und dieser richtete sich gegen die Kinder. Jetzt würde es leichter sein, sie umzubringen, weil er sie allmählich wirklich zu hassen begann. *Morgen,* dachte er, *morgen.*

So wartete er auch am Donnerstag wieder in der Eingangshalle auf die Heimkehr der Kinder. Sie kamen allein, und auch sonst war niemand in der Eingangshalle. Alles war perfekt diesmal.

»Jetzt können wir hinuntergehen und es uns ansehen«, sagte er.

»Leider haben wir jetzt keine Zeit, Mr. Feeney«, sagte jedoch Kenji nun. »Unsere Mutter wartet auf uns. Sie will mit uns einkaufen gehen. Machen wir es morgen.«

John Feeney hätte Kenji am liebsten geschlagen, so wütend war er, aber er beherrschte sich und zwang sich zu einem Lächeln. »Schon in Ordnung«, sagte er. »Dann zeige ich es euch eben morgen.«

Aber morgen war Freitag. *Das wird ihr letzter Tag sein.*

Am Freitagmorgen sagte Kenji auf dem Weg zur Schule zu Mitsue: »Wenn ich daran denke, daß Susan uns heute abend den Namen sagen wird! Und dann gehen wir mit Mr. Feeney zur Polizei.«

»Das ist ganz schön aufregend«, nickte Mitsue. »Hast du keine Angst, Kenji?«

»Angst?« sagte Kenji. »Natürlich nicht.« Er sah seine Schwester an. »Du warst noch gar nicht im Fernsehen.«

»Was?« Komisch, was er da sagte.

Aber du wirst es sein, dachte Kenji zufrieden. *Bald wirst du es sein.*

Als sie nachmittags nach Hause kamen, wartete John Feeney bereits wieder auf sie.

»Guten Tag, Mr. Feeney.«

»Tag, Kinder.« Mr. Feeney sah sich um. Niemand außer ihnen war da. Jetzt war die Zeit gekommen. »Wollt ihr jetzt mit mir nach unten gehen und euch die Überraschung ansehen, die ich euch zeigen will?«

»Ja«, sagte Kenji. »Wir sind schon sehr gespannt.«

»Gut, dann kommt.« Er ging zu der Tür, die ins Untergeschoß hinabführte. Er schloß sie mit einem seiner Schlüssel auf.

»Wir waren noch nie da unten«, sagte Kenji.

»Es ist sehr interessant«, erwiderte Mr. Feeney. »Die ganzen Warmwasserboiler und Heizkessel sind da unten und Regale für Gepäck.« Er schaltete das Licht an. »Kommt.«

Sie gingen die Treppe hinunter und merkten nicht, daß Mr. Feeney hinter ihnen die Tür sorgfältig wieder zusperrte. Er wollte nicht gestört werden. Er kam hinter ihnen her nach unten. Kenji und Mitsue sahen sich um.

»Das ist aber ziemlich groß hier«, sagte Kenji.

»Ja.« Das Untergeschoß war aus festem Beton gemauert. Niemand konnte oben ihre Schreie hören.

»Was ist es, was Sie uns zeigen wollen?« fragte Kenji.

Und Mr. Feeney sagte: »Dort drüben.« Er führte sie zu einem der großen Gitterverschläge, wo die Mieter ihre Koffer und sonstigen Sachen abstellen konnten. Er holte einen Schlüssel hervor und schloß die Gittertür zu den Abstellverschlägen auf. »Hier drinnen«, sagte er.

Kenji und Mitsue gingen hinein. Als sie drinnen waren, erklärte Mr. Feeney Kenji: »Ich zeige euch zuerst einen kleinen Zaubertrick.«

Er griff sich das Seil, das er sich schon zuvor zurechtgelegt hatte, und sagte: »Leg deine Hände auf den Rükken. Ich feßle dich mit diesem Seil, und du wirst sehen, wie leicht du dich befreien kannst.«

Kenji fand, das sei ein dummes Spiel, aber er wollte ihren Freund Mr. Feeney nicht vor den Kopf stoßen. Er nahm also wie verlangt die Hände auf den Rücken und spürte, wie das Seil in seine Handgelenke schnitt.

»Das ist aber sehr fest«, sagte er.

»Das fühlt sich nur anfangs so an«, lächelte Mr. Feeney, »aber ich zeige dir dann gleich, wie du dich befreien kannst.«

Er wandte sich an Mitsue. »Und jetzt du.« Er griff sich eine zweite Schnur.

Auch Mitsue gefiel das Spiel nicht. »Das will ich nicht spielen«, sagte sie.

»Ach komm«, meinte Mr. Feeney. »Es gefällt dir dann schon.«

»Na mach schon«, drängte sie auch Kenji.

»Also meinetwegen.« Und auch Mitsue ließ sich von Mr. Feeney die Hände auf dem Rücken fesseln. »Das tut aber weh«, sagte sie. »Nicht so fest.«

Kenji bemühte sich bereits, sich zu befreien. »Wie geht das jetzt?« fragte er.

John Feeneys Lächeln war verschwunden. »Gar nicht«, sagte er. Er warf zuerst Kenji und dann Mitsue zu Boden. »Ihr kommt hier beide nicht mehr heraus.«

Kenji starrte ihn ungläubig an. »Was hat denn das zu bedeuten?«

»Es bedeutet eine kleine Lektion für euch. Dafür, daß ihr eure Nase in Sachen steckt, die euch nichts angehen.«

Mitsue schrie auf.

»Du kannst schreien, so laut du willst. Hier unten hört dich kein Mensch, und niemand kommt hier herunter.«

Und da fiel es Kenji endlich wie Schuppen von den Augen. »Sie!« sagte er. »Sie sind der Mörder!«

»Halt den Mund«, befahl ihm John Feeney.

»Und Ihnen haben wir uns anvertraut!«

»Ich sagte, du sollst den Mund halten!« Und er versetzte Kenji einen harten Schlag ins Gesicht.

»Schlagen Sie meinen Bruder nicht!« schrie Mitsue.

Alles, was geschah, war wie ein Alptraum, aber er war Wirklichkeit.

»Damit kommen Sie doch niemals durch!« sagte Kenji. »Meine Eltern suchen doch nach uns.«

»Na und?« sagte Mr. Feeney, der ja alles genau geplant hatte. »Natürlich suchen sie euch. Aber nicht hier unten. Denn wenn sie mich fragen, dann sage ich, daß ihr von der Schule gar nicht nach Hause gekommen seid. Dann geltet ihr irgendwo draußen für verschwunden.«

»Aber wenn wir nicht wiederkommen ...«

»Dann glaubt man eben, ihr seid entführt worden.«

Mitsue weinte. »Bitte, lassen Sie uns gehen«, flehte sie.

Aber John Feeney hatte dazu nicht die mindeste Absicht. Abends, wenn alles ruhig war im Haus, wollte er wiederkommen und sie fortschaffen. Ihre Leichen sollten dann im East River gefunden werden.

Mitsue schluchzte. »Ich verspreche Ihnen, wir sagen keiner Menschenseele etwas, wenn Sie uns gehen lassen.«

John Feeney lächelte nur böse dazu. »Richtig«, sagte er. »Ihr beide werdet nie mehr irgendeiner Menschenseele etwas sagen.«

11. Kapitel

Ihre Mutter Keiko war nicht besonders beunruhigt, als Kenji und Mitsue um fünf Uhr noch nicht zu Hause waren.

Wahrscheinlich, sagte sie sich, *sind sie noch bei einigen Freunden geblieben.* Aber als es sechs wurde und sie immer noch nicht da waren, begann sie sich doch Sorgen zu machen.

Auch als Takesh Yamada aus der Fabrik nach Hause kam, fragte er sofort: »Wo sind denn die Kinder?«

»Ich weiß es nicht«, sagte Keiko.

»Aber«, sagte Takesh stirnrunzelnd, »sie hätten doch anrufen müssen, wenn sie wissen, daß sie später nach Hause kommen.«

»Ich war einkaufen«, sagte Keiko. »Vielleicht sind sie in dieser Zeit gekommen und dann wieder weggegangen.«

Yamada nickte. »So wird es wohl sein. Ich rede mal mit John Feeney unten. Er hat sie bestimmt gesehen.«

Er fuhr mit dem Aufzug nach unten und ging durch die Halle bis zu der Wohnungstür des Hausverwalters. Dort klopfte er an.

»Ah, guten Abend, Mr. Yamada.«

»Guten Abend. Haben Sie Kenji und Mitsue gesehen?«

John Feeney nickte. »Ja, ja, heute morgen, als sie zur Schule gingen.«

»Nein, ich meine danach. Haben Sie sie heimkommen sehen?«

Jetzt schüttelte John Feeney unschuldig den Kopf. »Nein. Aber ich war die ganze Zeit hier, und da hätte ich sie auf jeden Fall gesehen, wenn sie gekommen wären.«

Jetzt begann Takesh Yamada unruhig zu werden. »Sie meinen, sie sind überhaupt nicht von der Schule heimgekommen?«

»Nein«, sagte John Feeney.

Takesh Yamada dachte nach. »Na, dann spielt Kenji wahrscheinlich noch Baseball. Da will ich ihn mal abholen.« Er fuhr nach oben und beruhigte seine Frau. »Kein Grund zur Beunruhigung, Keiko. Ich bin sicher, Kenji spielt noch Baseball und hat die Zeit vergessen. Ich hole ihn ab.«

»Ich komme mit«, sagte Keiko.

»Nein, nein, es ist besser, du wartest hier, falls sie inzwischen kommen.«

Takesh Yamada ging zu der Schule seiner Kinder. Er war ganz sicher, daß er Kenji dort antreffen würde. *Ich muß ihn wohl dafür bestrafen,* dachte er. *Er muß lernen, daß man nicht so gedankenlos sein kann und seine Mutter in Sorge und Unruhe stürzt.* Daß er ebenfalls in Sorge und Unruhe war, wollte er nicht einmal sich selbst eingestehen.

Als er an der Schule ankam, sah er, daß dort tatsächlich auf dem Sportplatz noch Baseball gespielt wurde. Er sah sich um, konnte jedoch Kenji nirgends entdekken. Er ging zu einem der Jungen hin.

»Entschuldige«, sagte er, »ich suche Kenji Yamada.«

»Der ist nicht da und war auch nicht da«, sagte der Junge.

»So? Na, dann wird er wohl noch in der Klasse sein, wie? Da sehe ich dort mal nach. Danke dir.«

Er ging in das Schulhaus hinein. Es war längst kein Unterricht mehr, und das Gebäude war praktisch leer. Als er eine Lehrerin vorbeikommen sah, hielt er sie an.

»Entschuldigen Sie«, sagte er. »Ich suche meine Kinder, meinen Sohn und meine Tochter. Sie gehen hier zur Schule.«

»Hier können sie nicht mehr sein«, sagte die Lehrerin. »Die Klassenzimmer sind alle schon zugesperrt. Alle Schüler sind längst weg.«

Yamada starrte sie an. »Sie sind nicht hier?«

»Nein, niemand ist mehr im Haus. Ich bin die letzte.«

Mr. Yamada spürte, wie es ihm kalt über den Rücken lief. Wo konnten seine Kinder sein? Er ging davon und in tiefem Nachdenken langsam nach Hause. Sie hatten die Schule verlassen, waren aber nicht heimgekommen. Er war ganz sicher, Kenji und Mitsue hätten etwas gesagt, wenn sie die Absicht gehabt hätten, länger auszubleiben. So etwas wie jetzt war noch nie vorgekommen. Seine Unruhe und seine Besorgnis wurden immer größer.

Als er ins Haus zurückkam, klopfte er noch einmal bei John Feeney an. Mr. Feeney machte auf.

»Hallo. Haben Sie sie gefunden?«

»Leider nein, Mr. Feeney. In der Schule waren sie nicht mehr. Sind Sie sicher, daß Sie sie auf jeden Fall gesehen hätten, wenn sie heimgekommen wären?«

John Feeney nickte nachdrücklich. »Absolut sicher. Ich könnte sie überhaupt nicht übersehen haben.«

»Aha.«

»Vielleicht sind sie bei Schulfreunden?« meinte John Feeney scheinheilig.

Mr. Yamada schüttelte den Kopf. »Nein, nein, das würden sie nicht tun, ohne zu Hause Bescheid gesagt zu haben. Ich weiß nicht, was ich jetzt tun soll.«

John Feeney sagte: »Ach, ich bin sicher, es liegt kein Grund zur Sorge vor. Sie wissen doch, wie spontan und gedankenlos Kinder manchmal sind.«

»Nicht meine«, erklärte Mr. Yamada würdevoll.

»Bestimmt kommen sie bald«, sagte Feeney.

»Ja, wahrscheinlich haben Sie recht. Na, dann will ich mal nach oben und auf sie warten.«

Es wurde sieben Uhr und acht Uhr, und dann hielten es Takesh und Keiko Yamada nicht länger aus.

»Irgend etwas ist ihnen zugestoßen«, sagte Keiko. »Ich spüre es. Wir müssen zur Polizei gehen.«

Mr. Yamada war einverstanden. »Sie würden niemals so lange wegbleiben, ohne uns zu verständigen. Komm, wir gehen zusammen zur Polizei.«

Eine Viertelstunde danach saßen sie im Büro von Polizeilieutenant Brown im Polizeipräsidium.

»Worum handelt es sich?« fragte Lieutenant Brown.

»Unsere Kinder sind verschwunden«, sagte Keiko. »Sie müssen sie suchen.«

Lieutenant Brown griff nach einem Schreibstift. »Die Namen?«

»Meine Tochter heißt Mitsue Yamada und mein Sohn Kenji.«

»Wie schreibt man das?«

»K-e-n-j-i-.«

»Gut, und das Alter?«

»Mitsue ist elf, Kenji vierzehn.«

»Seit wann werden sie vermißt?«

»Seit etwa drei Stunden«, sagte Takesh Yamada. Lieutenant Brown sah überrascht hoch und legte seinen Schreibstift weg. »Da kann ich leider nichts für Sie tun.«

»Wieso?« fragte Mr. Yamada.

Der Lieutenant seufzte. »Schauen Sie, drei Stunden bedeutet noch nicht, vermißt zu sein. Das bedeutet, sie sind vermutlich bei irgendwelchen Schulfreunden oder im Kino, oder sonst irgendwas von einem Dutzend Dingen, die Jugendliche nun mal so machen. Sie werden schon wieder auftauchen.«

Takesh Yamada richtete sich würdevoll auf und erklärte: »Sie kennen unsere Kinder nicht. Sie sind immer rechtzeitig zu Hause. Sie müssen mir schon glauben, irgend etwas ist ihnen zugestoßen.«

Aber Lieutenant Brown wehrte kopfschüttelnd ab. »Sicher beunruhigen Sie sich ganz umsonst.«

»Wir sind aber beunruhigt wegen unserer Kinder«, sagte Keiko unter Tränen.

»Sie sind doch schließlich die Polizei!« erklärte Mr. Yamada. »Sie müssen unsere Kinder finden!«

»Ich kann im Moment leider gar nichts für Sie tun«, sagte der Lieutenant. »Eine Vermißtenanzeige ist offiziell frühestens nach vierundzwanzig Stunden möglich.«

»Was soll das heißen?« fragte Keiko. »Das verstehe ich nicht.«

»Das soll heißen«, erläuterte der Lieutenant, »daß ein voller Tag vergangen sein muß, ehe man von ›vermißt‹ sprechen kann. Was meinen Sie, sonst hätten wir kaum noch etwas anderes zu tun, als jeden Ehemann zu suchen, der nicht nach Hause kommt, weil er noch in einer Bar sitzt, bevor er heimgeht. Ich würde Ihnen ja gerne helfen, aber es geht nicht. Sie müssen schon die vorgeschriebenen vierundzwanzig Stunden warten. Kommen Sie also, falls es dann noch nötig ist, morgen abend wieder und geben Sie dann Ihre Vermißtenanzeige auf.«

Keiko war am Rande der Panik. »Aber ich fühle es genau, die Kinder sind in schrecklicher Gefahr.«

Mr. Yamada ergänzte: »Sie sind aus der Schule weggegangen, aber nicht zu Hause angekommen.«

Lieutenant Brown versuchte zu begütigen. »Bewahren Sie die Ruhe. Ich wette, sie sind längst zu Hause, wenn Sie jetzt zurückkommen. Seien Sie so nett, und rufen Sie mich gleich an, ja? Ich fühle mich dann auch besser, wenn ich weiß, die Sache hat sich erledigt. Ich habe selbst Kinder, wissen Sie.«

Mr. und Mrs. Yamada standen auf. Es gab nichts weiter zu sagen.

»Na gut, Lieutenant. Vielen Dank.«

Auf dem Heimweg sagte Mr. Yamada: »Vielleicht hat er ja recht. Vielleicht sind Kenji und Mitsue inzwischen schon zu Hause und warten auf uns.«

Aber Keiko wußte es instinktiv besser. Sie hatte eine schreckliche Vorahnung, daß etwas Schlimmes mit ihren Kindern geschehen war.

Im Untergeschoß ihres Mietshauses versuchten Kenji und Mitsue verzweifelt, sich zu befreien. Aber es war hoffnungslos. Ihre Hände waren ihnen so streng auf den Rücken gefesselt, daß sie nichts machen konnten, und außerdem waren sie hinter dem Gitter der Abstellkammern eingesperrt, wo niemand sie hören konnte.

»Was hat er mit uns vor?« fragte Mitsue.

Kenji antwortete ihr nicht. Er wußte schon, warum. John Feeney hatte Susan Boardman ermordet und jetzt Angst, daß ihr Geist seinen Namen nennen würde. *Und weil wir die einzigen sind, die das wissen,* dachte er, *muß er auch uns töten.* Aber davon sagte er seiner Schwester nichts. Er wollte ihr nicht mehr angst machen, als ihr sowieso schon war. *Ich bringe uns hier raus,* dachte er. *Irgendwie.* Er versuchte erneut, den fesselnden Strick zu lockern, aber dieser schnitt dadurch nur noch tiefer in seine Handgelenke ein.

»Vielleicht macht er ja nur Spaß?« meinte Mitsue. »Vielleicht will er uns tüchtig erschrecken und läßt uns danach wieder frei?«

»So könnte es sein«, pflichtete ihr Kenji bei. Aber er wußte es in Wirklichkeit natürlich besser. *Wenn ich uns nicht hier herauskriege,* dachte er, *dann müssen wir sterben.*

John Feeney machte inzwischen in seiner Wohnung Pläne, wie er sich der Kinder entledigen konnte. *Ich warte,* beschloß er bei sich, *bis alles im Haus schläft, und dann gehe ich hinunter zu ihnen.* Er holte sich dasselbe lange und scharfe Messer aus einer Schublade, mit dem er Susan Boardman getötet hatte. *Das verwende ich auch für die Kinder. Dann schaffe ich sie heimlich in den Kofferraum meines Autos und werfe sie in den East River. Niemand erfährt jemals, was wirklich geschehen ist.*

John Feeney hatte eigentlich gar keine Absicht gehabt, Susan Boardman zu ermorden. Alles kam nur wegen des Schmucks. Mr. Boardman hatte seiner Frau einmal zum Geburtstag oder Hochzeitstag eine wunderschöne Diamanthalskette und dazu passende Diamantohrringe geschenkt. Und als sie eines Abends zu einer Party ausging, hatte Mrs. Boardman sie dem Hausverwalter stolz gezeigt.

»Sind sie nicht wunderschön?« hatte sie gefragt.

»O ja, wirklich, Mrs. Boardman.« Im stillen aber hatte er gedacht: *Das muß ja mindestens hunderttausend Dollar wert sein. Wenn man so was in die Hand kriegte und verkaufte ... da hätte ich für den Rest meines Lebens ausgesorgt. Ich könnte irgendwohin in die Südsee reisen und dort leben wie ein König.*

Dieser Gedanke ging John Feeney dann nicht mehr aus dem Kopf. Es war nicht gerecht, daß die Boardmans so reich waren und er nicht und für armseligen Lohn arbeiten mußte. Und er dachte: *So schwer kann das nicht sein, sich diesen Schmuck zu verschaffen. Wenn sie mal fort sind.* Er kannte ja die Wohnung der Boardmans gut. Als Hausverwalter war das normal. Außerdem war er oft oben gewesen, um dies oder jenes zu reparieren oder nachzusehen. Und so wußte er auch, daß Mrs. Boardman ihren Schmuck in einer Schatulle auf ihrem Frisiertisch verwahrte.

Und was als bloßes Gedankenspiel begonnen hatte, wurde eine fixe Idee. John Feeney konnte nur noch an diese Juwelen denken und daß er sie unbedingt haben mußte. Er dachte sich einen Plan aus, bei dem er niemals in Verdacht geraten könnte.

Jeden Freitag gingen Mr. und Mrs. Boardman mit ihrer Tochter Susan zum Essen und ins Kino aus. Dann war niemand in der Wohnung. An diesem Freitag wartete John Feeney, bis sie aus dem Haus waren. Daß Mrs. Boardman ihren kostbaren Schmuck nicht tragen würde, wenn sie ins Kino ging, konnte man annehmen.

Er nahm ein scharfes Messer mit, mit dem er Mrs. Boardmans Schmuckschatulle aufschlitzen wollte. Er spähte hinaus in die Halle, vergewisserte sich, daß auch wirklich niemand da war, und fuhr dann mit dem Aufzug hinauf in den zwölften Stock. Der Flur oben war ebenfalls menschenleer. Er hatte einen Schlüssel zu der Wohnung und hätte sich damit leicht Einlaß verschaffen können, aber er wollte natürlich, daß es so aussah, als seien richtige Einbrecher am Werk gewesen, so daß niemand ihn verdächtigen konnte. Er fuhr mit seinem Messer in die Türspalte und sprengte die Tür so auf. Dann ging er in die Wohnung hinein. Er wußte genau, wo der Schmuck war. Der ganze Diebstahl würde nur ein paar Minuten dauern, dann war er auch schon wieder unten in seiner eigenen Wohnung, aber mit einem Vermögen in der Hand.

Er ging durch den Wohnraum in das Schlafzimmer. Da stand richtig die Schmuckschatulle, wo sie immer war. Er hob sie hoch. Sie war schwerer, als er gedacht hatte. Er nahm sein Messer und sprengte sie auf. In der Schatulle lagen nicht nur die Diamanthalskette mit den Ohrringen dazu, sondern noch weitere wertvolle Ketten und Ringe. *Ich bin reich,* dachte John Feeney.

Noch mit der Schatulle in der Hand drehte er sich um zum Gehen – und sah sich Susan Boardman gegenüber. Sie hatte ein weißes Kleid an.

Er blieb wie angewurzelt stehen.

»Was machen Sie denn hier?« fragte er schließlich. »Sie sind doch mit Ihren Eltern im Kino, denke ich.«

»Ich habe mich nicht wohl gefühlt und bin zu Hause geblieben. Aber was haben Sie hier zu suchen?«

Er überlegte hastig. »Ich sollte die Wasserleitung richten.«

Susan aber blickte auf die Schmuckschatulle ihrer Mutter, die Feeney in den Händen hielt. »Das ist der

Schmuck meiner Mutter!« rief sie aus. »Und Sie wollen ihn stehlen!«

»Also, Moment mal!« sagte Feeney.

»Nein!« schrie Susan. »Hilfe!«

Da verlor John Feeney den Kopf. Er kam auf Susan zu, um ihr den Mund zuzuhalten, damit sie nicht mehr schreien konnte.

»Das sage ich meinem Vater!« rief Susan noch.

Feeney war klar, daß er im Gefängnis landete, wenn er das zuließ. Er mußte sie zum Schweigen bringen. Ohne sich recht bewußt zu sein, was er tat, stieß er ihr sein Messer hinein und sah, wie sich ihr weißes Kleid rot färbte.

O Gott, dachte er in Panik, *was habe ich getan?*

Er starrte auf das Mädchen, wie es zu Boden sank und das Leben aus ihr wich.

Jetzt nur keine Panik, dachte er. *Niemand kann mich damit in Verbindung bringen. Die Polizei wird glauben, ein Einbrecher war da, hat den Schmuck gestohlen und brachte das Mädchen um, als es ihn überraschte.*

Und wirklich war alles genauso ausgegangen, wie John Feeney es geplant hatte. Wegen der aufgebrochenen Tür entschied die Polizei, daß ein Einbrecher dagewesen war und von der Tochter der Familie überrascht wurde, wie er den Schmuck stehlen wollte.

Feeney hatte den Schmuck in seiner Wohnung versteckt. Niemand kam jemals auf den Gedanken, ihn zu verdächtigen. Er war auch in seiner Stellung geblieben, weil die Polizei vielleicht doch Verdacht geschöpft hätte, wenn er weggegangen wäre. Das Ehepaar Boardman bezog nach dem tragischen Tod seiner Tochter aus und beauftragte Feeney, ihre Wohnung zu vermieten. Zwei Ehepaare hatten sie kurz nacheinander gemietet, waren aber beide schnell wieder ausgezogen mit der Klage, in der Wohnung spukten Geister. *Dummes Volk,* hatte Feeney da noch gedacht. *Als ob es Geister gäbe!*

Er sah auf die Uhr. Es war eine Viertelstunde vor Mitternacht. Alle im Haus schliefen jetzt sicher. Zeit, sich der Kinder zu entledigen. Er steckte das lange, scharfe Messer ein und ging zur Tür ins Untergeschoß.

Unten in ihrem Gefängnis waren Kenji und Mitsue inzwischen völlig verzweifelt.

»Er wird uns umbringen«, sagte Mitsue. »Das weiß ich genau.«

Kenji wußte, daß seine Schwester recht hatte. Noch immer versuchte er, seine auf den Rücken gefesselten Hände zu befreien, aber es war sinnlos. Die Schnur war zu fest gebunden.

Er hörte, wie die Tür zum Untergeschoß aufging. Als er aufblickte, sah er John Feeney die Treppe herunterkommen. Sein Herz begann wie wild zu klopfen.

Feeney kam auf sie zu.

Gerne tue ich das nicht, dachte Feeney, *aber es muß sein. Sie oder ich. Wenn dies erst vorbei ist, kann mich nichts mehr daran hindern, mich auf eine Südseeinsel zurückzuziehen und dort wie ein König zu leben.*

Er kam bis zum Gitter und sperrte auf.

»Was wollen Sie mit uns machen?« fragte Kenji.

»Ich muß euch leider beide töten«, sagte Feeney.

Es war unglaublich. Es war wie ein grauenvoller Alptraum, nur daß er Wirklichkeit war. Sie sollten ermordet werden. Feeney stand über ihnen mit einem großen Messer in der Hand und sagte: »Macht die Augen zu.« Und sie sahen bereits, wie das Messer auf sie herunterzusausen begann, um sich in ihren hilflosen Leib zu bohren, und sie konnten absolut nichts dagegen tun. Gar nichts.

Doch in diesem Augenblick vernahmen sie ein wildes Stöhnen. Es schien von oben an der Treppe herzukommen. Feeney drehte sich um.

Da kam durch die Luft eine weiße Erscheinung herbeigeschwebt, in einem weißen, blutbefleckten Kleid, direkt auf ihn zu. Er stand da wie gelähmt. Es war Susan Boardman.

»Nein!« schrie er auf. »Du bist doch tot!« Er machte hastig die Gittertür zu, um sie auszusperren. »Geh weg«, schrie er, »geh weg!«

Doch die Erscheinung kam einfach durch die Gitterstäbe hindurch, als wären sie nicht da, und legte sich wie ein weiße Wolke um Feeney, die ihn völlig einhüllte und erdrückte. Er konnte nicht mehr atmen.

»Aufhören!« schrie er. Aber das letzte, was John Feeney auf dieser Welt sah, waren die toten Augen Susan Boardmans, die ihn anblickten. Und dann hatte er nur noch ein Gefühl, als platze sein Gehirn.

Und dann war nichts mehr.

Nur einige Augenblicke zuvor war Jerry Davis von einer Party nach Hause gekommen. Als er in der Halle zum Aufzug ging, sah er etwas total Unglaubliches. Eine weiße Erscheinung schwebte durch die Halle auf die Tür zum Untergeschoß zu.

Der Geist von Susan Boardman, dachte er ungläubig. Er beobachtete, wie der Geist durch die geschlossene Tür verschwand. Er eilte rasch hin und machte die Tür auf. Es war völlig dunkel dort unten. Er schaltete das Licht an.

Aber da war keine Spur von einem Geist. Er hastete die Treppen hinunter und blieb verblüfft stehen. Hinter dem Gitter der Abstellverschläge lag John Feeney wie tot. Neben ihm lagen mit auf den Rücken gefesselten Händen Mitsue und Kenji. Er öffnete schnell die Gittertür, griff sich das Messer, das auf dem Boden lag, und zerschnitt erst einmal die Fesseln der beiden Kinder.

Mitsue weinte schluchzend, Kenji versuchte tapfer, nicht zu weinen.

Jerry Davis untersuchte John Feeney.

»Er ist tot«, sagte er, als er sich aufrichtete. »Was wohl die Ursache war?«

»Susan Boardman«, sagte Kenji.

12. Kapitel

In ihrem ganzen Leben hatten Kenji und Mitsue noch keine solche Aufregung gesehen. Die ganze Wohnung schien voller Polizisten und Reporter zu sein. Ein Dutzend Leute stellten Fragen und machten sich Notizen, und die Reporter knipsten Fotos.

Der Trubel hatte begonnen, nachdem Jerry Davis sie aus ihrem Gefängnis im Keller befreit hatte.

»Alles in Ordnung mit euch?« hatte er gefragt.

»Jetzt schon«, sagte Kenji und sah hinüber zu John Feeney. »Er wollte uns umbringen.«

»Was wollte er? Warum denn?« fragte Jerry Davis.

»Weil wir wußten, daß er der Mörder von Susan Boardman war.«

»Großer Gott!« stammelte Jerry Davis, der es gar nicht glauben konnte. Und es fiel ihm plötzlich ein, wie eigenartig die Kinder sich in letzter Zeit ihm gegenüber benommen hatten. »Ihr beide habt wohl zuvor gedacht, ich sei das gewesen, nicht?«

»Ja, leider«, sagte Kenji verlegen.

Jerry Davis sagte: »Kommt erst mal raus und nach oben. Eure Eltern werden ganz krank vor Sorge sein.«

Als sie ihre Wohnung betraten, stieß ihre Mutter einen erleichterten Freudenschrei aus und kam gelaufen, um sie in die Arme zu schließen.

»Wo wart ihr denn nur, Kinder?« wollte sie atemlos wissen.

»Was ist passiert?« fragte auch ihr Vater. »Wir waren sogar schon bei der Polizei.«

»John Feeney wollte uns umbringen«, sagte Kenji.

Takesh Yamada schüttelte heftig den Kopf. »Erzähl keine so übertriebenen Geschichten, Junge. Wenn ihr beide im Kino wart oder bei Freunden, dann sagt das offen und ehrlich. Für diesmal werdet ihr auch nicht bestraft.«

»Aber sie sagen tatsächlich die Wahrheit«, erklärte Jerry Davis, der mitgekommen war. »John Feeney hat wirklich versucht, sie zu töten.«

Mr. und Mrs. Yamada starrten ihn mit offenem Mund an. »Ja, aber wieso denn?«

»Das ist eine lange Geschichte«, erklärte Jerry Davis. »Kann ich mal bei Ihnen telefonieren?«

»Gewiß doch.«

Sie sahen ihm nach, wie er zum Telefon ging und die Notrufnummer 911 wählte. »Hallo? Ich möchte ...« Er zögerte. Er wollte schon sagen: »... einen Mord melden«, als ihm einfiel: *Wenn ein Geist jemanden tötet, ist das dann Mord?*

Die Stimme am Telefon sagte: »Ja, was möchten Sie?«

»Ich möchte eine Leiche melden«, sagte Jerry Davis. Sollte doch die Polizei sehen, ob das als Mord anzusehen war oder nicht.

»Starb die Person an einer natürlichen Ursache?« fragte man ihn. Wenn ja, müsse die Sache von einer anderen Abteilung behandelt werden.

Jerry Davis zögerte wieder. »Nein, ich glaube nicht«, sagte er schließlich.

»Gut, wir schicken jemanden. Wenn Sie uns die Adresse sagen.«

Jerry Davis gab die Adresse und die Wohnungsnummer der Familie Yamada durch und legte auf. »Sie werden jede Minute hiersein.«

Mr. Yamada kam zu ihm: »Was denn für eine Leiche?«

»John Feeney.«

»Ich verstehe überhaupt nichts«, sagte Takesh Yamada. »Aber es ist auch unwichtig. Alles, was mich beschäftigt, sind im Augenblick meine Kinder und daß sie in Sicherheit sind.«

Zehn Minuten später kamen zwei Kriminalbeamte.

»Ich bin Detective Lewis. Das ist Detective Cagney. Jemand hat eine Leiche gemeldet.«

»Ja«, sagte Jerry Davis. »Unten im Keller.«

Detective Lewis sagte: »Wissen Sie die Todesursache?«

»Ein Geist«, sagte Kenji.

Alle drehten sich nach ihm um.

Detective Cagney sagte: »Komm, Junge, wir haben keine Zeit für Spiele.«

»Es stimmt aber«, sagte Jerry Davis, »ein Geist hat ihn getötet.«

Die beiden Detectives sahen einander an. Cagney sagte: »Scheint, daß wir in einem Narrenhaus sind.«

Der Leichenbeschauer war mit seiner Untersuchung John Feeneys fertig und richtete sich auf.

»Nun, was ist es?« fragte Detective Cagney. »Herzinfarkt?«

Der Arzt schüttelte den Kopf. »Nein, dieser Mann starb an Angst. Sein Herz blieb stehen, weil er einen schrecklichen Schock erlitt.«

»Das war der Geist«, sagte Kenji wieder.

Detective Lewis wandte sich an die beiden Kinder und an Jerry Davis. »Also noch einmal genau. Ihr drei schwört darauf, daß ein Geist kam und sich auf ihn warf.«

»Genauso war es«, sagte Mitsue.

»Ich war in der Eingangshalle«, sagte Jerry Davis, »als der Geist in das Kellergeschoß hinabschwebte. Ich kam zufällig gerade zurecht, als es passierte.«

Detective Lewis kratzte sich am Kopf. »So etwas ist mir in meiner ganzen Laufbahn noch nicht vorgekommen«, sagte er. »Was soll ich jetzt in meinen Bericht schreiben? Getötet von einem Geist? Auslachen und nach Hause schicken würden sie mich. Ach was, ich schreibe Herzinfarkt, und aus.«

»Wenn Sie das tun«, sagte Jerry Davis, »machen Sie einen großen Fehler. Sehen Sie, vor einem halben Jahr ist hier in diesem Haus ein Mädchen ermordet worden. Sie hieß Susan Boardman. Die Wohnungstür wurde aufgebrochen, und die Polizei nahm einen Einbruch an.« Er wandte sich an Kenji. »Erzähl du ihm den Rest.«

Und Kenji sagte: »Als wir in diese Wohnung hier einzogen und meine Schwester mir erzählte, sie habe einen Geist gesehen, lachte ich sie aus, weil ich nicht an Geister glaubte. Aber dann sah ich ihn auch. Es war dieses Mädchen. Sie sagte uns, sie könne nicht erlöst werden, bevor nicht ihr Mörder gefaßt sei. Wir versuchten sie zu fotografieren, aber es war nichts auf dem Bild. Dann gingen wir zu John Feeney und baten ihn, uns zu helfen. Wir sagten ihm, das Geistermädchen wolle uns heute nacht den Namen des Mörders nennen. Was wir nicht wußten, war, daß Feeney selbst der Mörder war. Er lockte uns in den Keller, fesselte uns dort und schloß uns ein. Später kam er wieder und hatte die Absicht, uns zu töten, damit wir ihn nicht verraten konnten.«

Die beiden Detectives hörten aufmerksam und mit steigendem Interesse zu.

Kenji redete weiter. »Wir hatten ihn nach dem

Schmuck gefragt, der damals gestohlen wurde, und er sagte, den habe man nie gefunden. Ich wette, Sie finden ihn in seiner Wohnung.«

Detective Cagney sagte: »Das ist die verrückteste Geschichte, die ich je gehört habe, aber Nachschauen kostet ja nichts.« Er wandte sich an seinen Kollegen. »Sehen wir nach.«

Sie brauchten fast eine ganze Stunde, bis sie die Schmuckschatulle tatsächlich fanden. Sie war sorgsam unter einem losen Bodenbrett versteckt, über dem ein Teppich lag.

»Ich habe Ihnen doch gesagt, Sie werden sie da finden«, erklärte Kenji triumphierend.

»Im Leben hätte ich das nicht geglaubt«, sagte Detective Lewis. »Ein Geist!«

Jetzt gab es noch mehr Aufregung. Weitere Kriminalbeamte trafen ein, und Zeitungsleute und Fernsehkameras waren da. Die Kinder wurden endlos ausgefragt.

Schließlich schritt ihr Vater ein. »Es ist zwei Uhr morgens, Leute«, sagte er. »Die Kinder müssen endlich ins Bett!«

»Richtig«, nickte Detective Lewis. Er wandte sich an Kenji und Mitsue. »Ihr beiden habt uns geholfen, einen Mord aufzuklären. Dafür sind wir euch sehr dankbar. Es tut mir leid, daß ihr sogar in Lebensgefahr wart.«

Oben sagte Mitsue zu Kenji: »Wir waren ja auch wirklich in Lebensgefahr, nicht?«

»Ja«, sagte Kenji. »John Feeney wollte uns wirklich töten. Aber Susan Boardman hat uns gerettet.«

»Ich wollte, wir könnten ihr danken«, sagte Mitsue.

Aber Kenji sagte kopfschüttelnd: »Jetzt ist sie fort, Mitsue. Wir haben sie erlöst. Wir werden sie nie wiedersehen.«

»Glaubst du, sie weiß, wie dankbar wir ihr sind für das, was sie tat?«

Kenji nickte. »Da bin ich ganz sicher.«

»Gut jetzt«, sagte ihr Vater. »Genug geredet. Schlaft jetzt, ihr beiden!«

Schlafen? Sollte das ein Scherz sein? Wie konnten sie denn nach all den Ereignissen schlafen? Alle beide taten sie in dieser Nacht kein Auge mehr zu. Sie durchlebten beide noch einmal und immer wieder die schreckliche Gefahr, in der sie geschwebt hatten.

Nun, da das Geheimnis um Susan Boardmans Tod gelöst war, glaubte die Familie Yamada, alle Aufregung sei endgültig vorbei. Doch tatsächlich begann es jetzt erst richtig. Die beiden Kinder und ein Geist, die gemeinsam einen Mord aufklärten, welcher der Polizei Rätsel aufgegeben hatte, waren eine zu unwiderstehliche Geschichte für die Presse, um sie einfach liegenzulassen. Als die Kinder am nächsten Morgen zum Frühstück kamen, wartete schon ein ganzes Rudel Reporter, um mit ihnen zu reden.

»Habt ihr den Geist echt gesehen?«

»Selbstverständlich«, sagte Kenji.

»Und sie hat mit euch beiden gesprochen?«

»Ja«, sagte Mitsue.

»Und sie sagte, sie würde euch den Namen des Mörders nennen?«

»Ja«, sagte Kenji.

Und so ging es endlos weiter mit Fragen.

Fernsehkameras richteten sich auf sie. »Die Polizei hat euch für eure Mithilfe bei der Aufklärung eines Mordes gedankt. Was empfindet ihr darüber?«

Blöde Frage, dachte Kenji. Er schaute in die Kamera und sagte: »Meine Schwester und ich sind sehr glücklich, daß wir mithelfen konnten.«

»Habt ihr Angst gehabt?«

»Ja«, sagte Mitsue.

»Nein«, sagte Kenji. Er schaute seine Schwester an. »Nun ja, ein paarmal hatte ich schon Angst.«

»Das reicht jetzt«, schritt Mr. Yamada ein. »Sonst kommen sie zu spät zur Schule.«

In der Schule waren Kenji und Mitsue die großen Helden. Die Geschichte von dem, was passiert war, stand in allen Zeitungen. Und überall stand auch, wie tapfer die beiden Kinder gewesen seien und wie klug.

Als Kenji in seine Klasse kam, applaudierten alle, auch der Lehrer. Kenji wurde rot wie eine Tomate.

»Wir freuen uns«, sagte der Lehrer, »daß dir nichts passiert ist. Es war ja wirklich sehr knapp.«

Kenji dachte an das fürchterliche Messer in Mr. Feeneys Hand, das schon auf ihn zukam, und ein Schaudern überlief ihn. Ja, es war tatsächlich sehr knapp gewesen. Er war froh, daß es vorbei war. Jetzt war auch der Geist fort, und er konnte sich wieder ganz auf die Schule konzentrieren. Und auf Baseball. Clarence war sicherlich froh, wenn er in die Mannschaft zurückkehrte.

Mitsue widerfuhr in ihrer Klasse die gleiche Ehrung. Alle hatten die Zeitungsberichte gelesen und Mitsue zusammen mit ihrem Bruder im Fernsehen gesehen. Auch Mitsue war froh, daß die ganze Aufregung vorbei war. Sie wollte schnellstens wieder zurück zu einem ganz normalen Leben.

Takesh Yamada war in seiner Fabrik ebenfalls der Mittelpunkt des Interesses. Alle kamen zu ihm mit der Bitte, genau zu erzählen, was sich ereignet hatte.

»War denn tatsächlich ein Geist erschienen?« fragten sie.

Er nickte. »Es scheint so, ja.«

»Ihre Kinder sind richtige Helden.«

»Das waren sie immer schon«, sagte Takesh Yamada stolz.

Es war kein Ende mit den Fragen, bis Mr. Yamada sich schließlich einfach in sein Büro zurückzog, wo er allein sein konnte. *In ein paar Tagen ist dies alles Gott sei Dank vorbei,* dachte er. *Dann können wir endlich wieder ins normale Leben zurückkehren.*

Aber da irrte er sich.

Die erstaunliche Geschichte von Kenji und Mitsue und ihrem Geist verbreitete sich immer weiter. Die Kinder und ein Porträt ihres Geistermädchens erschienen auf dem Titelbild des Nachrichtenmagazins *Time.* Eine Fernsehsendung über die Geschichte war in Vorbereitung. Ein Filmstudio in Hollywood wollte von Mr. Yamada die Rechte für einen Spielfilm kaufen. Und Zeitschriftenreporter riefen unentwegt an und wollten Interviews haben.

Und immer war noch kein Ende abzusehen mit dem öffentlichen Interesse. Man lud die Kinder zu Talkshows im Fernsehen ein und zu Nachrichtenprogrammen und zu einem Programm, das sich mit Geistern beschäftigte.

Bis Takesh Yamada schließlich kategorisch erklärte: »Jetzt reicht es. Einmal muß Schluß sein.«

Die Wahrheit war, daß Mr. Yamada die Vorstellung, daß in seiner Wohnung ein Geist spuke, ziemlich mitgenommen hatte. Es verursachte ihm ziemliches Unbehagen.

Beim Abendessen verkündete er schließlich eines Tages seiner Familie: »Wir ziehen um.«

Alle starrten ihn verständnislos an. »Was?«

»Ja. Um die Wahrheit zu sagen, ist es mir unbehaglich in einer Wohnung mit einem Geist.«

»Aber Vater«, sagte Mitsue, »sie ist doch jetzt gar nicht mehr da. Sie ist erlöst und fort. Es sind keine Geister mehr hier.«

»Sie könnte ja wiederkommen«, beharrte ihr Vater verbissen. »Ich habe die ganze vergangene Woche nicht richtig geschlafen.« Es schüttelte ihn. »Nein, ich halte es hier nicht mehr aus. Wir ziehen aus. Seht euch gleich morgen nach einer anderen Wohnung um.«

Keiko nickte. Sie wollte, daß ihr Mann zufrieden war. »Wie du meinst, Takesh.«

Nichts, was die Kinder noch vorbrachten, konnte den Entschluß ihres Vaters ändern.

Am nächsten Tag ging Keiko, während die Kinder in der Schule waren, wieder auf Wohnungssuche. Sie besorgte sich den Anzeigenteil der *New York Times* und zog los. Sie fuhr durch ganz Manhattan und besichtigte Wohnungen auf der West Side und auf der East Side und im Norden und im Süden. Aber nicht eine konnte sich mit ihrer jetzigen Wohnung messen. Andererseits wußte sie, daß ihr Mann fest entschlossen war, diese aufzugeben. Also suchte sie weiter.

Nach fünf Tagen hatte sie endlich etwas einigermaßen Passendes gefunden. Es war immer noch nicht so schön wie ihre jetzige Wohnung und auch teurer, aber zumindest ließ sich annehmen, daß sie sich dort wohl fühlen konnten.

Als Takesh an diesem Abend von der Arbeit nach Hause kam, sagte Keiko: »Jetzt habe ich etwas gefunden.«

»Gut«, sagte Mr. Yamada erleichtert. »Wann können wir dort einziehen?!«

»Morgen schon.«

»Ausgezeichnet.«

Und so zog die Familie Yamada am nächsten Tag um.

Als sie die neue Wohnung betraten, sagte Mitsue: »Nicht einmal so übel, wie ich befürchtete. Ich habe immerhin ein schönes, großes Zimmer für mich allein.«

Kenji besichtigte sein Zimmer und sagte: »Gar nicht schlecht, nein. Zwar ohne Blick auf den Park, aber das ist ja nicht so wichtig.«

Mr. Yamada sagte zu Keiko: »Das hast du gut gemacht. Jetzt kann ich endlich wieder ungestört schlafen.«

Sie gingen an diesem Abend zum Essen aus.

»Morgen koche ich wieder für euch«, sagte Keiko. »Aber dazu muß ich erst einkaufen gehen.«

»Mach dir darüber keine Sorgen«, sagte Mr. Yamada. »Wir können auch morgen wieder zum Essen ausgehen, wenn du möchtest.« Der Umzug in die neue Wohnung hatte ihn sehr zufrieden gemacht.

Nach dem Essen kehrte die Familie in ihre neue Wohnung zurück.

»Heute nacht werden wir alle gut schlafen«, erklärte der Vater. Er und Keiko gingen in ihr Schlafzimmer und die Kinder jedes in das seine.

Aber Kenji konnte nicht gleich einschlafen. Er dachte an die ganzen Fernsehprogramme, in denen er inzwischen aufgetreten war, und an die Zeitungsberichte und wie er in der Schule wie ein Held gefeiert wurde.

Mitsue hatte ebenfalls ihre Einschlafschwierigkeiten. Sie dachte daran, wie sehr sie Angst gehabt hatte, als John Feeney mit dem Messer auf sie zugekommen war, um sie zu töten. Erst ihre Freundin, das Geistermädchen, hatte sie im letzten Moment gerettet. Sie hoffte, ihr Geist sei erlöst und zufrieden, wo er jetzt war. Dann schlief sie aber doch endlich ein.

Takesh Yamada hatte keine Schwierigkeiten einzuschlafen. Die seltsamen Ereignisse in der Wohnung hatten sein Leben durcheinandergebracht, und das war einfach zuviel geworden. Jetzt war endlich wieder Ruhe und Frieden. Alle Probleme waren vorbei.

Um Mitternacht aber erwachte Takesh Yamada von einem seltsamen Laut. Es war ein leises Stöhnen, das den ganzen Raum zu erfüllen schien. Zuerst dachte er, Keiko gehe es nicht gut.

Er setzte sich im Bett auf.

Aber da schwebte ein alter Mann mit grauen Haaren in der Luft über ihm und stöhnte: »Hilf mir! Hilf mir!«

SIDNEY SHELDON

Der Regenmörder

Roman

PRIMO

In London geht ein scheinbar unfaßbarer Frauenmörder um, der seine grauenvollen Taten nur bei Regen verübt. Als ein Inspektor von Scotland Yard mit der Aufklärung der Morde beauftragt wird, bekommt er unerwartete Hilfe: Das letzte Opfer, eine japanische Bildhauerin, konnte fliehen und modelliert den Kopf des Regenmörders. Ihr Leben gerät erneut in höchste Gefahr …

SIDNEY SHELDON

Die zehn Fragen

Roman

PRIMO

Der Multimillionär Samuel Stone macht es seinen Erben nicht leicht: Zehn Rätsel sind zu lösen, für jede Lösung stehen einige Millionen aus. Neben der luxussüchtigen Witwe, einem geldgierigen Neffen und dem Anwalt darf sich auch David, ein entfernter Verwandter Stones, an der Suche nach den Lösungen beteiligen. David, der sein Leben in den Dienst der Armen gestellt hat, will das Geld allerdings nicht für sich, sondern für die Armen. Ein betrügerischer Wettkampf um die Millionen beginnt.

Packende Unterhaltung vom Thriller-Autor der Spitzenklasse – bei PRIMO in deutscher Erstveröffentlichung!

SIDNEY SHELDON

Die zwölf Gebote

Roman

PRIMO

Zwölf Geschichten vom Sinn und Unsinn der »Zwölf Gebote«: Von Menschen, die erst durch die Nichtachtung der Gebote ihr Glück fanden, zum Beispiel von Toni, dem jungen sizilianischen Bildhauer, der entgegen dem heiligen Gebot ein Ebenbild Gottes fertigt, das ihm zu Reichtum und der Hochzeit mit seiner Geliebten verhilft.

Sidney Sheldon

Das Staatsgeheimnis

Roman

PRIMO

Der erfolglose Schauspieler Eddie Davis wird auf einer Südamerika-Tournee beauftragt, den herrschsüchtigen Diktator Colonel Bolivar als Doppelgänger zu vertreten. Davis wird dabei nicht nur heftig in die politischen Machenschaften des Diktators verwickelt, sondern muß sich zudem den Verführungsversuchen der zahlreichen Geliebten und der Frau des Diktators erwehren.

Packende Unterhaltung vom Thriller-Autor der Spitzenklasse – bei PRIMO in deutscher Erstveröffentlichung!